Patrick,
le secret des origines

Du même auteur :

Lettre à Johanna
« Johanna, j'ai eu une relation avec ton mari. Je t'ai volé Gaspard, l'homme avec qui tu avais décidé d'être heureuse… »
La confession d'une mère à sa fille, vibrante d'authenticité.

Charly
Blanche Marci a reçu tant de témoignages chaleureux depuis la publication de *Lettre à Johanna* qu'elle a tenu à partager avec ses lecteurs cette nouvelle histoire d'amour, traversée de douleurs et de dilemmes.

Retrouvez *Plus belle la vie* sur www.plusbellelavie.fr
Et suivez-nous sur facebook.com/plusbellelavie
et twitter.com/@pblvofficiel

Couverture : Arnaud Lebassard

Le tigre bleu, 31, rue Faidherbe, 75011 Paris
www.tigrebleu.fr

ISBN : 978-2-916289-40-3
Diffusion Seuil
Distribution Volumen

Merci à Juliette Keller pour sa collaboration.

Blanche Marci

Patrick, le secret des origines

LE TIGRE BLEU

Ce livre est dédié à la mémoire
d'Emmanuelle Dewolf et à Patrick, son fils.

Je remercie Patrick, Babeth, Stéphane,
Jean-François, Charles, Gabriel et Léa,
sans le témoignage desquels je n'aurais pu
reconstituer cette belle et tragique histoire.

1 - L'enfant aux vêtements ensanglantés

Ils sont là tous les deux, derrière ma porte. Patrick et Babeth Nebout. Ils viennent de frapper. Dans quelques instants, je vais entrer avec mes mots dans une histoire qui n'est pas la mienne. Patrick va me livrer la part la plus intime de lui-même, le secret de ses origines, pour que j'en fasse un livre. Sa décision n'est pas tout à fait prise, cependant, et ce premier contact sera décisif. Je leur ouvre. Babeth, toujours enthousiaste, affiche un grand sourire. Patrick est en retrait, plus circonspect.

– Bonjour. Asseyez-vous. Vous voulez un café ?

Pendant que je prépare les tasses, je les observe, assis sur le canapé. Elle, rousse aux yeux bleus, les cheveux courts, à peine 40 ans, le visage mutin. Lui, plus sombre, brun, nerveux, avec un regard franc qui inspire confiance et une fine bouche ironique, presque moqueuse. Pour le moment, il se tord nerveusement les doigts, pendant que Babeth pose une main rassurante sur son genou.

C'est un bel homme, un homme d'action. Il est commandant de police. La violence, le vice, les passions humaines entrent tous les jours dans son bureau. D'où, je suppose, cette expression ténébreuse sur son visage. Lui et Babeth forment un beau couple. Elle, à côté, est un rayon de soleil. Elle est infirmière à l'hôpital de la Timone. Ses collègues la décrivent comme positive, volontaire et courageuse. Elle aussi doit voir défiler beaucoup de souffrance et de malheur, mais elle affiche une joie de vivre à toute épreuve. C'est elle qui est venue me voir avec cette étrange requête : pourrais-je retracer dans un livre l'aventure qui, il y a quelques mois, a bouleversé la vie de son mari ?

Je reviens avec les tasses fumantes. En tendant la sienne à Patrick, j'aborde frontalement le sujet.

– Vous êtes toujours décidé à ce que j'écrive votre histoire ?

– Je me demande encore si c'est une bonne idée…

– Il a peur, résume malicieusement Babeth.

Patrick hausse les épaules en regardant sa femme.

– De quoi j'aurais peur ?

Je viens à la rescousse de Babeth pour expliquer ce qu'elle a dit de façon impulsive.

– Se raconter, c'est se mettre en péril. Il faut beaucoup de courage. Je comprends que ce soit dur pour vous.

– C'est avant tout l'histoire de ma mère dont il s'agit.

– Si c'est la sienne, c'est aussi la vôtre, Patrick.

– Vous avez raison. J'avoue, ce n'est pas évident pour moi de parler d'elle.

– Je ne veux pas vous forcer. Si ce n'est pas le bon moment, on peut le faire plus tard.

– Non, je veux le faire maintenant. Pour elle. Je veux qu'on sache ce qui lui est arrivé.

– Son assassinat ?

– Oui.

Il se tait tout à coup, mais ce qu'il a dit est un début encourageant.

– Comment s'appelait-elle ?

– Emmanuelle.

Je sens de l'émotion dans sa voix quand il prononce ce nom.

– C'est un beau prénom, mais, pour moi, ce n'est encore qu'un prénom. Pour qu'Emmanuelle apparaisse et me parle, il va falloir tout me raconter, même les détails les plus intimes. C'est à ce prix qu'elle pourra avoir un visage, une personnalité et un destin. C'est ce que vous voulez ?

– Oui.

Un cap est franchi. Babeth soupire, soulagée. C'est elle qui a pris l'initiative de ce roman. Patrick ne connaît pas l'identité de son père, il ne possède aucune information sur lui. Babeth a pensé que publier l'histoire de sa mère pourrait susciter des témoignages sur lui, voire, pourquoi pas, sa réapparition.

Il ne reste plus qu'à fixer la date de notre prochain rendez-vous, avec Patrick seul. Ce n'est pas une mince affaire : il est surchargé de travail et finit tous les jours à 20 heures. Babeth lui demande s'il ne peut pas, exceptionnellement, faire un effort pour sortir plus tôt.

– Non, j'ai un boulot, figure-toi, je ne peux pas m'absenter pour m'occuper de mes petites histoires personnelles.

Apparemment, sa vie passe après celle des autres. Derrière cette abnégation, je sens de la résistance à se pencher sur soi-même, peut-être même à s'aimer. Un mélange de crainte et de pudeur.

Je lui dis qu'on peut se voir après 20 heures, quand mon fils, Noé, est couché. Mais il prétexte qu'il tient à dîner avec ses enfants : sinon, il ne les voit jamais.

– Je suis sûre qu'ils comprendront, proteste Babeth avec douceur. Et puis ce ne sera que pour quelques soirées.

Patrick hésite un instant.

– D'accord, on peut toujours essayer, finit-il par lâcher.

Rendez-vous est pris pour le lendemain, mais ce n'est pas encore gagné… Patrick viendra-t-il ? Est-il capable de se confier ?

Je serai déçue si ce roman ne se fait pas. Au tout début, quand Babeth m'a parlé du projet, j'ai d'abord refusé : je ne me sentais pas le droit de parler de quelque chose de si personnel à la place d'un autre. Maintenant, je sais que j'ai eu raison d'accepter. Patrick me donne l'occasion unique d'écrire sur un drame bouleversant, moi qui, jusqu'ici, n'ai relaté que ma pauvre petite vie. Si je veux progresser en tant qu'écrivain, il faut que je puisse me glisser dans une histoire qui n'est pas la mienne, trouver le ton juste pour traduire des émotions et des sentiments que je n'ai pas ressentis. C'est mon défi personnel.

***

Patrick est venu. Sans Babeth, face à moi, il est intimidé. On sent chez cet homme d'action une difficulté à parler des choses intimes. J'ai lancé la conversation.

– D'après ce que j'ai compris, vous n'aviez pas revu votre mère depuis l'âge de 4 ans. Vous ignoriez tout d'elle. Comment a-t-elle soudain ressurgi dans votre vie ?

– Par des cauchemars. Au début, je ne savais pas qu'ils avaient un rapport avec elle. Je faisais sans cesse le même rêve : j'étais dans un couloir aux murs tapissés de fleurs et j'avançais dans une atmosphère angoissante. Puis cette situation a empiré au fur et à mesure que le cauchemar revenait : c'était toujours le même couloir, le même papier peint, mais j'avais du sang sur les mains et sur mon tee-shirt. Je me réveillais plusieurs fois par nuit en sursaut. Mon sommeil était si agité que, le lendemain, j'étais crevé pour aller au boulot. Je m'endormais devant mes hommes, à mon bureau. Une fois les paupières fermées, ça recommençait... Pour moi, ça ne voulait rien dire, mais Babeth a pris mes rêves au sérieux.

– Votre femme croit aux manifestations de l'inconscient ?

– Disons qu'elle est plus branchée psy que moi. D'abord, elle a pensé que mon boulot me stressait.

Mais il n'y avait pas de raison que j'angoisse, au contraire, ça se passait même plutôt bien depuis le retour de la commissaire Douala. Notre collaboration fonctionnait.

– C'était autre chose ?

– Oui. Babeth a ensuite eu l'intuition que c'était lié à mon enfance et à mon retour à Marseille. J'ai passé les premières années de ma vie dans cette ville et je n'y étais pas revenu depuis ma récente mutation. Quand elle m'a dit ça, j'ai réagi de façon excessive. Je lui ai dit qu'elle racontait n'importe quoi et que je n'avais pas envie qu'on me parle de mon enfance.

– Elle a été douloureuse, j'imagine ?

– Vous dites ça parce que je suis un enfant de la Ddass ? Contrairement aux idées reçues, j'ai eu une enfance heureuse. Je suis tombé sur des familles d'accueil extraordinaires et il y avait des éducateurs formidables dans les foyers.

– Je veux bien le croire, mais tout de même : ça n'a pas dû être facile de n'avoir ni père ni mère.

À cet instant, Patrick a marqué un temps d'arrêt. Je sentais qu'il faisait un effort pour répondre honnêtement.

– J'avoue que ça n'a pas été facile tous les jours.

– Vous éprouviez un manque, j'imagine.

– Oui, c'est ça, il y avait un grand manque... Comme un vide.

Pendant qu'il disait cela, une tristesse indicible est passée furtivement dans ses yeux. J'ai imaginé le petit Patrick, gamin vif et courageux passant de foyers en familles d'accueil. La journée, il jouait et riait comme n'importe quel petit garçon, mais le soir, dans son lit, à l'heure où les papas et les mamans viennent dire bonne nuit, il se mordait souvent la lèvre pour ne pas pleurer.

– Babeth avait donc raison, ces cauchemars étaient bien liés à votre enfance…

– Oui, j'en ai eu la confirmation à partir du moment où ça n'a plus été moi adulte qui avançais dans ce long couloir angoissant, mais moi enfant.

– Un enfant de quel âge ?

– 4 ou 5 ans.

– Et toujours du sang ?

– Toujours. Sur les mains, sur mon tee-shirt… Il fallait que je réagisse, parce qu'à force de mal dormir j'étais moins efficace au boulot, et d'une humeur de chien à la maison.

– Avec votre femme ?

– Avec les enfants, surtout. Un soir, je suis tombé à bras raccourcis sur Valentin parce qu'il n'avait pas débarrassé son assiette.

– Quel âge a Valentin ?

– 16 ans, presque 17. C'est l'adolescent dans toute sa splendeur : paresseux, râleur, secret, mais sinon il est cool. Je n'avais pas à m'en prendre à lui comme ça.

– Et comment avez-vous « réagi » à cette situation, comme vous dites ?

– Je suis allé consulter mon dossier aux archives du département. Je ne l'avais encore jamais fait.

– Pourquoi ?

– Je ne sais pas… On ne connaissait pas l'identité de ma mère. Tout ce qu'on m'avait dit, c'est que j'avais été trouvé dans la rue, seul. L'idée que ma mère ait pu m'abandonner et, par la suite, ne plus jamais penser à moi, était très dure à supporter. Pendant des années, je l'ai attendue, j'ai espéré qu'elle revienne me chercher. Et puis, un jour, j'ai décidé de faire une croix sur elle. Les détails, je n'en voulais plus.

– Vous êtes allé consulter ce dossier tout seul ?

– Non, avec Léa. C'est ma belle-fille. Enfin, elle est comme ma fille parce que je l'ai élevée depuis sa naissance.

– C'est vous qui le lui avez demandé ?

– Non, bien sûr que non ! Je n'aurais jamais osé l'embêter avec mes histoires. C'est elle qui me l'a proposé. Je ne me décidais pas à prendre contact avec les services sociaux, elle m'a quasiment forcé à y aller. Pour me convaincre, elle m'a dit des mots que je n'oublierai jamais : « Moi, des parents, j'en ai pas deux, j'en ai trois. Des fois, c'est saoulant, mais en fin de compte je sais que j'ai de la chance. »

Aux archives, Patrick et Léa furent accueillis par une femme très serviable, une certaine Mme Michel qui avait fait toute sa carrière dans les services sociaux du département et s'est immédiatement souvenue de ce dossier hors du commun. Et pour cause ! Les documents stipulaient qu'on avait trouvé le petit Patrick errant dans la rue, hagard, les vêtements et les mains maculés de sang… comme dans ses rêves d'aujourd'hui.

À l'époque, en 1975, on avait parlé de l'étrange événement dans la presse. Le petit garçon perdu était une énigme : de quel drame s'était-il échappé ? Un appel à témoins avait même été lancé, mais personne n'était venu réclamer l'enfant. Les services sociaux ne l'avaient jamais présenté à l'adoption car il y avait de fortes chances pour que l'abandon ne soit pas délibéré et que ses parents, un jour, réapparaissent.

La révélation de ces détails, dans le petit bureau de Mme Michel, fut un choc pour Patrick. Jusqu'à ce jour, il était persuadé d'avoir été abandonné de façon préméditée. Ces nouveaux éléments changeaient son histoire, mais l'orientaient également vers un terrible drame qu'il devait éclaircir s'il voulait un jour sortir du couloir angoissant.

– Cette dame m'a aussi donné un petit paquet, a précisé Patrick. Dedans, il y avait une gourmette avec mon prénom gravé dessus, une figurine de cycliste en plastique et les vêtements tachés de sang qu'on avait trouvés sur moi. Ils étaient si petits… Ça m'a fichu un sacré coup d'imaginer que je les avais portés.

Devinant son émotion, j'ai arrêté la séance de travail. Il est parti en me remerciant, après avoir fixé un nouveau rendez-vous. J'ai senti que parler lui avait fait du bien et que notre travail lui permettait de s'approprier son histoire.

Après son départ, je me suis installée à mon bureau et j'ai ouvert mon ordinateur, mais je n'ai pas pu écrire tout de suite. Mes pensées sont restées un moment suspendues aux derniers mots de Patrick. Des vêtements tachés de sang… C'est tout ce qui lui reste de son enfance. Quel terrible symbole ! La violence en héritage.

Ces vêtements ensanglantés et le drame qui se cache derrière m'obsèdent. Je dois avouer que les faits divers m'ont toujours attirée. La brutalité qu'ils contiennent parle de l'humanité tout entière et nous met face à nos pulsions les plus sourdes, les plus enfouies.

***

En entrant, Patrick s'est dirigé directement vers le canapé où il s'était installé la fois d'avant.

– Où en étions-nous ?

– À mes vêtements tachés de sang. Il fallait que je sache à qui appartenait ce sang.

Était-ce le sien ? Les services de police, dans le dossier, ne mentionnaient pas de blessure sur l'enfant. Toutefois, il avait pu saigner du nez. L'autre hypothèse était que ce sang fût celui de quelqu'un d'autre. Pour en avoir le cœur net, Patrick a demandé à son collègue Jean-François de faire analyser en secret le tee-shirt par le labo de la police.

Jean-François a un statut particulier dans la vie de Patrick. C'est un simple brigadier qui travaille sous ses ordres, mais c'est aussi le premier mari de Babeth et le père de Léa et d'Émilie, les jumelles que Patrick a élevées comme ses filles. Entre les deux hommes, cela fait longtemps qu'il n'y a plus de jalousie. Ils font partie d'une même famille et s'aident mutuellement.

Le lendemain, Jean-François avait les résultats. Le sang n'était pas celui de Patrick, mais la comparaison des empreintes génétiques permettait d'identifier formellement la personne dont il provenait : il s'agissait de sa mère. Ainsi, elle ne l'avait pas abandonné ! Toutes les hypothèses étaient permises. Avaient-ils été, lui et sa mère, victimes d'un accident ? Sa mère avait-elle été agressée ? Si elle ne l'avait jamais réclamé, il était fort probable qu'elle n'ait pas survécu…

Babeth, en femme positive, s'efforça de trouver d'autres explications : sa mère était peut-être devenue amnésique à cause de l'accident. Ou alors elle était poursuivie par des criminels et avait pensé que son fils serait plus en sécurité loin d'elle. Peut-être l'avait-on empêchée de reprendre contact avec lui. Et si on la retenait prisonnière ?

Mais l'espoir de revoir Emmanuelle vivante s'était vite envolé : ses empreintes génétiques correspondaient à celles d'un cadavre récemment découvert lors de travaux pour creuser un parking. Selon les analyses, la jeune femme avait été tuée d'une balle dans la tête dans les années 1970.

Un meurtre… La vie de Patrick était en train de s'écrire en lettres de sang. Tout était dit : jamais il ne reverrait la femme qui lui avait donné le jour. Mais il fallait qu'il sache qui elle était, ce qui lui était arrivé. Or, le corps était resté non identifié, et aucun élément du dossier de police ne semblait pouvoir permettre de le faire. L'enquête n'avait aucune chance d'être rouverte, compte tenu du peu d'éléments et de l'ancienneté du meurtre.

Patrick insista alors auprès du docteur Guillaume Leserman pour obtenir une consultation chez un médecin pratiquant l'hypnose. Il voulait retrouver rapidement la scène traumatique à laquelle il avait dû assister enfant. Guillaume le mit en garde : cette méthode ne donnait pas forcément de résultats. De fait, le médecin qui hypnotisa Patrick ne réussit pas à pénétrer son inconscient : celui-ci revit le couloir de ses cauchemars, mais ce qu'il y avait au bout lui demeura inaccessible.

Refusant de baisser les bras, Patrick se mit à chercher dans le fichier des personnes déclarées disparues en 1975. On avait signalé la disparition d'une dizaine de femmes cette année-là dans la région. Il avait les photos sous les yeux. L'une d'elles était peut-être sa mère, mais comment le savoir ? Il ne se rappelait plus son visage. Il commençait à se décourager quand, en regardant plus attentivement les photos des disparues, il eut un déclic devant l'une d'entre elles. Cette jeune femme, c'était sa mère ! Du fond de sa mémoire, il le savait. Tout son être, tout son corps s'en souvenait. Le visage de sa mère était ressuscité.

La fiche lui apprit qu'elle s'appelait Emmanuelle Dewolf et qu'elle était née à Lyon, le 13 juin 1951. On trouvait ses références comme dactylo dans une boîte d'intérim de Marseille. Ses parents étaient morts quelques années auparavant dans un accident de voiture, et elle n'avait ni frère ni sœur. Monsieur et Madame Dewolf étaient des pieds-noirs originaires de Blida, en Algérie. Or, les archives de l'état civil de

Blida avaient brûlé. On ne saurait jamais rien de plus sur sa famille. De même, l'acte de naissance de Patrick n'avait pas été enregistré en France. Impossible, donc, de savoir qui était son père.

Ce soir-là, Patrick montra la photo à Babeth et, devant le visage retrouvé de sa mère, il se mit à pleurer comme un enfant.

– Qu'est-ce que tu aimerais lui dire si elle était encore vivante ?

– Maman… murmura Patrick.

Cela faisait plus de trente ans qu'il n'avait pas prononcé ce mot.

Plus j'avance dans l'histoire de Patrick, plus je me rends compte de l'importance de ce travail. Ce n'est pas uniquement ma curiosité que j'assouvis, ni mon plaisir d'écrivain. J'aide aussi un enfant abandonné, devenu adulte, à renouer un lien avec sa mère. Et, qui sait, à retrouver son père.

***

Aujourd'hui, Patrick m'a apporté la photo d'Emmanuelle, celle du fichier de police. C'est une femme remarquablement belle, les cheveux châtains détachés, longs et lisses, comme on les portait dans les années 1970. Ses yeux sont clairs avec, comme chez Patrick, quelque chose de doux et de grave dans le regard, proche de la tristesse.

Cette photo, c'est tout ce qui lui reste de sa mère. Elle a donné à Patrick la force de continuer son enquête. Or, pour cela, il n'avait que le nom de l'homme qui avait signalé la disparition d'Emmanuelle : un certain Charles Frémont...

Patrick était installé depuis trop peu de temps dans le quartier pour connaître la réputation de Frémont, cet ancien avocat véreux qui a passé sa vie à tremper dans des affaires sordides. Il était riche, puissant et malfaisant, jusqu'à ce qu'il réalise que ses deux filles, Céline et Juliette, le haïssaient profondément. Depuis, il a changé du tout au tout et vit pauvrement à l'hôtel Select, passant ses journées à discuter avec les habitués du bar de Roland et menant l'existence d'un humble retraité.

Pour mieux cerner l'homme, Patrick le fit venir au commissariat sous prétexte d'une affaire mafieuse actuelle l'obligeant à enquêter sur Emmanuelle. En voyant la photo, Frémont affirma sans sourciller qu'il ne connaissait pas la femme sur le cliché.

– Pourtant, c'est vous qui avez signalé sa disparition en 1975. Elle s'appelle Emmanuelle Dewolf.

– Montrez-moi encore cette photo... Emmanuelle Dewolf... Ah oui, je me souviens maintenant.

– Donc vous la connaissiez ?

– Vaguement. C'était une secrétaire intérimaire, je l'avais engagée dans mon cabinet. Nos rapports étaient strictement professionnels et j'ignorais tout de sa vie privée.

– Si elle comptait si peu, pourquoi est-ce vous qui avez signalé sa disparition ?

– J'ai cru bon de le faire. Elle ne s'était pas présentée à son travail depuis deux semaines et elle ne donnait plus signe de vie.

Patrick fut obligé de le laisser repartir. Il ne pouvait rien faire de plus car l'enquête, en réalité, n'était pas officielle. Pourtant, son instinct lui disait que Frémont mentait. Roland allait d'ailleurs lui en apporter la confirmation de manière fortuite. Attablés au bar du Mistral, Patrick et Jean-François étaient en train de parler de Frémont et d'Emmanuelle quand Roland, en apportant leurs consommations, crut reconnaître la jeune femme sur la photo que Patrick tenait entre ses mains.

– Elle sortait à l'époque avec Frémont. Ils s'affichaient ensemble au Mistral.

Selon Roland, Charles Frémont, bien que déjà marié à l'époque, était fou amoureux d'Emmanuelle. Ils se disputaient souvent car elle n'était pas fidèle. En femme libre, elle multipliait les aventures et ne voulait pas appartenir à un seul homme. Charles en était malade de jalousie. Un jour, Roland avait même surpris une violente dispute entre les deux amants. Frémont, excédé, était prêt à la tuer ce jour-là, et, sans l'intervention de Roland, Dieu sait ce qui serait arrivé.

Pour Patrick, la situation était claire : c'était Charles Frémont le meurtrier. Il fit part de sa certitude à Babeth.

– Attends un peu avant d'arriver à ce genre de conclusion, rétorqua-t-elle. On n'est sûr de rien.

Mais Patrick était fou de rage. Il voulait faire avouer Frémont coûte que coûte.

– Et tu vas t'y prendre comment ?

– Il y a des façons de faire parler un homme…

Patrick alla donc attendre Frémont au coin d'une rue. Ce dernier était en train d'allumer tranquillement un cigare quand Patrick surgit et le plaqua violemment contre un mur, comme il le faisait avec les délinquants qu'il interpellait dans la rue.

– Si vous ne me dites pas la vérité, je planque un kilo de coke dans votre appartement et je vous fais arrêter.

Frémont lui tint tête, quoique impressionné par la détermination de Patrick.

– Si vous faites cela, je nierai. Je suis innocent.

– Ce sera votre parole contre la mienne et, vu votre casier, pas sûr qu'on vous croie.

– Qu'est-ce que vous voulez à la fin ?

– Je vous donne vingt-quatre heures pour tout me dire au sujet d'Emmanuelle.

Patrick espérait que Frémont lui avouerait le meurtre de sa mère, un crime passionnel pour lequel il n'avait rien à craindre de la justice puisqu'il y avait prescription.

En partant, Patrick prit soin de confisquer à Frémont le cigare qu'il voulait fumer pour se remettre de ses émotions. Vingt-quatre heures, c'était suffisant pour faire effectuer une analyse de l'ADN prélevé sur le cigare, afin de savoir si Frémont était son père.

***

Les résultats, obtenus cette fois encore par Jean-François auprès de son ami du laboratoire de la police, étaient formels : Charles Frémont n'était pas le père de Patrick. Ce fut un soulagement pour Patrick, et on le comprend : comment aurait-il pu supporter l'idée d'être le fils de l'homme qui avait tué sa mère ?

Cela signifiait aussi que Patrick pouvait aller au bout de sa vengeance sans risquer de commettre un parricide. C'est bien là ce qui inquiétait Babeth. Patrick était à fleur de peau depuis qu'il avait vu Frémont. Ses cauchemars étaient revenus et il avait peu dormi. Dieu sait de quoi il était capable.

– Tu ne devrais pas aller le voir dans cet état.

– Il faut qu'il parle, qu'il me dise comment il l'a tuée.

– Mais s'il refuse toujours de te parler ?

– Ce n'est pas une option.

– Tu m'as dit que tu l'avais bien secoué hier, pourtant il n'a pas craqué.

– Ça veut dire que je ne l'ai pas secoué assez fort.

– Et après, que feras-tu quand tu auras ses aveux ? demanda Babeth, terrifiée par la haine qu'elle lisait dans les yeux de son mari.

Pour toute réponse, Patrick quitta la maison en claquant la porte. Quand il entra dans la chambre du Select où logeait Frémont, ce dernier était en train de boucler ses valises. Il voulait donc fuir ! Cette fourberie décupla la fureur de Patrick. Il se jeta sur lui, le plaqua sur le lit et commença à l'étrangler.

– Tu vas parler, maintenant !

– Je ne sais rien.

– Menteur ! Tu étais son amant et tu ne supportais pas qu'elle ait d'autres hommes dans sa vie, alors tu l'as tuée !

– Emmanuelle est morte ?

– Oui, et c'est toi le meurtrier, tu lui as mis une balle dans la tête !

– Non. Jamais je ne lui aurais fait de mal ! Jamais !

C'était le cri d'un homme amoureux. Il avait l'air tellement sincère... Patrick relâcha son étreinte pour que Frémont reprenne son souffle. Un voile de tristesse passa dans les yeux du vieil avocat.

– Comment savez-vous qu'elle est morte ?

– On a retrouvé son corps. Elle a été assassinée en 1975.

– Pourquoi est-ce que ça vous intéresse autant ?

– Parce qu'Emmanuelle Dewolf était ma mère.

***

Patrick m'a donné l'autorisation d'interroger Charles Frémont. Je l'ai contacté par l'entremise de ma mère, Wanda. Ils vivent tous les deux seuls au Select et s'entendent bien pour jouer des tours aux habitants du Mistral ou remplir une grille de loto ensemble.

Charles Frémont était content d'occuper son après-midi. Depuis qu'il s'est retiré des affaires, il s'ennuie, au point de tenir de temps en temps l'accueil de l'hôtel de Mirta. Dire que ce paisible retraité était encore récemment l'un des hommes les plus puissants de Marseille ! Mais tel est Charles Frémont : surprenant et insaisissable.

Il a inspecté mon appartement avec un œil de vieux renard. Il s'est assis bien confortablement dans le canapé, a apprécié le café, s'est resservi une part de gâteau et a daigné me donner son point de vue sur l'histoire. Il m'a confié avoir été très ému quand il a appris que Patrick était le fils d'Emmanuelle. Il ne savait même pas qu'elle avait eu un enfant. Même à ses collègues de travail, elle avait caché l'existence de son fils. Pour quelles obscures raisons ?

Frémont a dressé d'elle le portrait d'une femme secrète et très attachée à sa liberté. Il connaissait mal ses fréquentations. Elle ne lui cachait pas qu'elle avait d'autres amants, mais il ne les avait jamais croisés. C'étaient les années 1970, la société était différente. Emmanuelle était avide d'expériences et trouvait dans la révolution sexuelle en cours une façon de vivre libre et de ne pas être soumise à l'autorité d'un homme. Frémont, lui, appartenait à un autre monde. Il venait d'un milieu plus bourgeois, il était marié. Pourtant, pour elle, il était prêt à quitter sa femme. Il le lui avait proposé plusieurs fois, mais Emmanuelle voulait rester libre. Charles vivait un enfer, ne supportant pas de la partager. Il souffrait et tenta mille fois de la quitter pour se protéger, mais il ne pouvait pas vivre sans elle. En 1975, contraint de s'installer quelques mois au Canada pour suivre un procès, il lui demanda de l'accompagner, mais elle refusa.

– Quand je suis rentré, elle avait disparu.

Charles avait attendu quelques jours en pensant qu'elle reviendrait. Puis il s'était rendu dans les bars et les boîtes qu'elle fréquentait, mais personne ne l'avait vue depuis plusieurs semaines. C'est alors qu'il s'était résolu à signaler sa disparition.

– Et aujourd'hui, quarante ans après, quelle place tient-elle dans votre mémoire ?

– Je n'ai jamais réussi à l'oublier. Il m'arrive encore de rêver d'elle. Elle est devant moi, elle va bien… Elle regrette de m'avoir laissé sans nouvelles. Elle tortille sa mèche de cheveux, l'enroule autour de son doigt… Et elle sourit. Elle était tellement belle… Tellement insouciante… Avec elle, rien n'était grave. On ne pouvait que l'aimer. C'est pour lui rendre un dernier hommage que j'ai aidé son fils.

– Vous avez de la chance, vous savez. Patrick, lui, ne se souvient pas d'elle…

– Je sais.

– Il lui ressemble ?

– Beaucoup.

– Vous le lui avez dit ?

– Oui.

Charles Frémont vient de repartir. Je pense à cette disparition qui a marqué sa vie et qu'il n'a partagée avec personne, ni avec sa femme ni avec ses enfants. Et je ne peux m'empêcher de penser que, malgré toutes les horreurs qu'il a commises au cours de sa vie, on ne pourra pas dire qu'il n'a jamais aimé, ni souffert par amour.

***

Patrick a repris sa place dans le fauteuil. Il poursuit le récit de son enquête tout en manipulant nerveusement sa tasse de café. Frémont ne savait rien sur les fréquentations d'Emmanuelle. Il lui a cependant confié qu'avant son départ pour le Canada il avait fait appel à un détective pour surveiller la jeune femme et savoir si l'un de ses amants ne prenait pas trop d'importance en son absence. Le détective avait relevé diverses aventures avec des hommes de passage et noté qu'Emmanuelle passait beaucoup de temps dans une grande maison où elle posait comme modèle. Les propriétaires d'alors organisaient de nombreuses fêtes où l'on rencontrait des artistes et des mécènes. Après sa disparition, il était souvent venu attendre devant la maison, dans l'espoir de retrouver sa trace. Sans succès.

Charles déposa Patrick devant le portail de cette propriété. C'est un majestueux mas provençal au milieu d'un parc somptueux, une de ces vastes demeures élégantes habitées par des bourgeois aisés. On y propose aujourd'hui des chambres d'hôtes de luxe. À ce moment-là, le propriétaire était justement en train d'arriver chez lui. Quelle surprise, pour Patrick, de s'apercevoir qu'il le connaissait !

Il s'agissait en effet d'Alexandre Balester, le grand-père de Cristal, la petite amie de Valentin. Depuis une semaine, l'adolescent vivait une romance avec cette jeune fille de bonne famille, jolie comme un cœur. Elle était très cultivée pour son âge, et Valentin, dans les premiers temps, s'était senti complexé vis-à-vis d'elle. Elle était du genre à se délecter des films d'Ingmar Bergman, alors qu'il se gargarisait de blockbusters américains. Mais la gentillesse de Cristal et la spontanéité de Valentin avaient fini par abattre cette barrière culturelle, et ils passaient maintenant tous leurs après-midi ensemble dans ce mas luxueux. Ils se baignaient dans la piscine, jouaient au ping-pong, se baladaient à vélo ou écoutaient de la musique.

Alexandre Balester logeait sa fille et sa petite-fille. C'était un élégant sexagénaire, d'un abord cordial. Il était déjà venu se présenter chez Patrick et Babeth pour emmener Valentin à un vernissage de peinture. En voyant Patrick devant l'entrée de sa propriété, il crut naturellement qu'il était venu chercher son fils et l'invita à entrer. Ils traversèrent un jardin provençal superbement entretenu et entrèrent dans la demeure, que son hôte lui proposa de visiter. Patrick emprunta le grand escalier qui menait au premier étage. Quel choc de découvrir qu'il débouchait sur un long couloir aux murs recouverts d'une tapisserie à fleurs, exactement la même que dans son cauchemar ! Il n'y avait pas de doute : le meurtre de sa mère s'était déroulé ici.

À mesure que Patrick progressait dans le couloir, tout se mit à tourner autour de lui. L'air lui manqua et il s'évanouit.

– Vous avez fait ce malaise sous les yeux de votre fils ?

– Oui. Alexandre Balester a appelé les secours, et ils m'ont emmené à l'hôpital. Je n'avais rien, c'est le choc émotionnel qui m'avait mis au tapis. Avec Babeth, on a dit aux enfants que j'avais fait un malaise vagal sous l'effet de la fatigue.

– Ce mas était une découverte majeure pour votre enquête…

– Absolument. Alexandre Balester et sa femme, Mathilde, habitaient alors cette maison depuis quarante ans. Il était plus que probable qu'ils soient liés de près au meurtre de ma mère. Et puis, comme Mathilde Balester est peintre, j'ai pensé que c'était sûrement pour elle que ma mère venait poser.

Son malaise donna l'occasion à Patrick d'inviter les Balester pour les remercier de leur secours. Valentin s'était mis en colère en apprenant que ses parents conviaient à dîner les grands-parents de Cristal. Les adolescents commençaient à peine leur amourette, et cette invitation ressemblait à un dîner de présentation officiel pour le moins intrusif. Mais Patrick et Babeth l'assurèrent qu'il ne s'agissait que de rendre une politesse et lui promirent qu'ils ne parleraient pas de lui et de Cristal.

Le dîner se déroula presque sans heurts. Alexandre et Mathilde s'avéraient des hôtes courtois et ouverts d'esprit. Babeth tenait son rôle de maîtresse de maison à la perfection pour laisser à Patrick tout le loisir de poser des questions plus ou moins indiscrètes. Visiblement, Alexandre tenait en haute estime le talent de sa femme, peintre cotée dans la région, et remplissait pour elle un rôle d'agent auprès des marchands d'art et des amateurs.

À un moment, Patrick demanda à Mathilde si elle avait déjà travaillé avec un modèle.

– L'art figuratif ne m'a jamais intéressée, répondit-elle un peu sèchement.

– C'est étonnant pour un peintre, vous n'avez jamais représenté de nu ?

– Non. Si vous voulez contempler des femmes nues, ce n'est pas chez moi qu'il faut venir les chercher. Si vous aviez compris le sens de mon travail, vous ne me poseriez pas cette question.

Voyant que Mathilde perdait son sang-froid, Alexandre vint aussitôt à son secours pour clore la discussion.

– Un modèle bride l'imaginaire de l'artiste. Mathilde n'en a jamais engagé aucun.

Alors, que venait faire Emmanuelle chez eux l'après-midi, si elle ne posait pas ?

Le couple cachait quelque chose. Pour le découvrir, il fallait revenir au mas Balester, lieu de tous les secrets. Le plan de Patrick était de louer une chambre pour entrer dans la place. Idée judicieuse mais qui déplut foncièrement à Babeth, surtout quand Patrick précisa qu'il voulait y aller seul.

– Pourquoi avez-vous refusé qu'elle vous accompagne ? l'ai-je interrompu.

– C'était peut-être dangereux, et il fallait que l'un de nous reste à la maison pour s'occuper des enfants. Ce qui la heurtait le plus, c'est ce que je voulais dire aux Balester pour justifier mon séjour en solitaire.

– C'est-à-dire ?

– Que j'avais besoin de prendre du recul sur ma vie, que je faisais une sorte de crise de la quarantaine.

– Je la comprends. Elle a eu peur qu'on pense que votre couple était en crise.

– Exactement ! Vous raisonnez comme elle. C'est bien les femmes, ça…

– Peut-être a-t-elle réagi ainsi parce qu'il y avait une part de vérité. Votre couple était peut-être réellement crise ?

– Bien sûr que non ! C'était un pur prétexte pour m'infiltrer.

Sentant une pointe de mauvaise foi dans sa réponse, j'ai pensé que le moment était venu de recueillir le point de vue de Babeth.

***

Babeth est venue. J'apprécie vraiment cette femme vive et énergique, qui ne se prend jamais au sérieux. Elle saisit les problèmes à bras-le-corps et avec humour parce que, comme elle le dit, « dans la vie, il vaut mieux se marrer que pleurer ». Je lui ai demandé comment elle avait vécu le début de cette histoire et la décision de Patrick de se rendre seul chez les Balester.

– J'avais honte que Patrick dise qu'il avait besoin de prendre du recul. Les gens allaient penser qu'on faisait un break et qu'il partait parce que j'étais insupportable.

– Les gens autour de vous étaient au courant ?

– Ça n'a pas manqué, les cancans vont vite ici ! En l'espace de deux jours, j'étais déjà considérée comme une pauvre femme abandonnée par son mari. Le docteur Riva m'a fait le coup du collègue sympa. Il m'a invitée à passer la soirée avec lui et Thomas, son compagnon, pour me « changer les idées ». La honte ! J'étais furieuse contre lui, et surtout contre Patrick, qui me forçait à vivre ça.

– Peut-être étiez-vous aussi déçue qu'il vous écarte de l'enquête ?

– C'est vrai. Au début, Patrick m'avait fait partager ses angoisses. Il m'avait raconté ses cauchemars, puis les découvertes au sujet du sang retrouvé sur ses habits. On était soudés. C'est dans mes bras qu'il a pleuré quand il a retrouvé la photo de sa mère. Et puis, tout à coup, il m'a écartée de son enquête en décidant d'aller dormir seul au mas Balester. Les enfants, le danger, c'étaient des excuses. Soudain, il ne voulait plus partager.

– C'était son histoire, ça remuait des choses intimes.

– Peut-être, mais, pour la première fois, je l'ai senti loin de moi.

Babeth se prit à penser que Patrick avait peut-être une maîtresse, et que cette enquête était une occasion inespérée pour passer des nuits avec elle. Babeth est d'un naturel jaloux et se persuade, en femme amoureuse, que toutes les femmes sont attirées par son mari. Que doit-elle penser de moi, qui passe mes soirées en tête à tête avec lui ? Cela m'amuse d'imaginer les doutes furtifs qui peuvent traverser son cerveau.

À l'époque des faits, elle se méfiait particulièrement de Sara Douala, la commissaire qui venait de réintégrer son poste et se trouvait, de fait, la supérieure hiérarchique de Patrick. La complicité qu'ils avaient nouée était loin de lui plaire. Patrick lui avait parlé de ses cauchemars et s'était confié à elle à propos de son enfance abandonnée. Babeth avait interrogé habilement Jean-François sur cette rivale potentielle. Il lui avait avoué sans détours que la commissaire était tout simplement canon et, qui plus est, célibataire. Apprenant cela, Babeth avait décidé d'aller se rendre compte par elle-même.

Ayant appris que Patrick déjeunait avec sa collègue, elle les rejoignit sous prétexte de récupérer des clés et s'invita d'elle-même à leur table. De près, elle se rendit compte que Douala était effectivement très sexy. Sa jalousie s'enflamma, et elle ne put s'empêcher de lancer une pique à la jeune femme au sujet de sa récente rupture, qui avait été douloureuse et humiliante.

– Pas trop dur de reprendre le boulot après les Seychelles ?

– Au contraire, j'étais heureuse de rentrer.

– Ah oui, c'est vrai, j'oubliais... Un problème de couple, je crois. C'est bien ça ?

Sara Douala était devenue rouge de colère et avait quitté la table en accusant Patrick de fouiller dans sa vie privée et de la divulguer à tout vent. Or, c'était Jean-François, et non Patrick, qui avait confié ce secret à Babeth. Quoi qu'il en soit, celle-ci avait montré ses griffes de lionne et marqué son territoire.

– J'aimerais vous poser une question personnelle qui peut m'aider à vous cerner en tant que personnages, Patrick et vous, ai-je repris.

– Allez-y toujours.

– Comment vous êtes-vous rencontrés ?

– Je venais d'accoucher des jumelles. Pendant ma grossesse, je m'étais aperçue que je n'étais plus amoureuse de Jean-François, mais je ne trouvais pas le courage de le quitter. Un jour, Patrick, qui était seulement lieutenant à l'époque, est venu à l'hôpital chercher le certificat médical d'un patient qui avait été agressé. Ç'a été un véritable vrai coup de foudre. On s'est d'abord disputés comme des chiffonniers parce qu'il ne voulait pas comprendre ce que je lui disais, et puis on s'est réconciliés autour d'un verre. On a parlé toute la soirée ; le matin, nous étions amants. Ensuite, je suis vite tombée enceinte de Valentin et j'ai aussitôt quitté Jean-François.

– Il a élevé les jumelles ?

– Oui, comme un père. Patrick a transposé sur mes filles tout l'amour qui lui avait manqué dans son enfance. C'est un super papa, et il ne fait pas de distinction entre les jumelles et Valentin.

– Et aux enfants, comment avez-vous expliqué le séjour de Patrick au mas des Balester ?

– Comme aux amis. On leur a dit qu'il avait besoin de faire un break.

– Comment l'ont-ils pris ?

– La question ne s'est pas posée pour Émilie : elle ne vit pas avec nous car elle suit un cursus sport-études à Grenoble. Mais Léa et Valentin ont mal réagi. Ils ont cru eux aussi qu'on était au bord du divorce ! Ils nous ont même accusés de vouloir minimiser la crise. Bien sûr, on a démenti, mais, le lendemain, Léa m'a prise à part et m'a demandé avec beaucoup de sérieux que je lui confie ce qui n'allait pas. Mais tout allait bien ! Enfin, jusqu'à ce moment-là…

– Que voulez-vous dire ?

– Je préfère que Patrick vous en parle d'abord.

2 - Les secrets du mas Balester

Babeth a laissé entendre que leur couple avait été mis à mal. Qu'a-t-elle voulu dire exactement ? Je n'ai pas encore osé aborder le sujet avec Patrick, je préfère attendre qu'il m'en parle de lui-même. Nous avons donc repris la suite de son récit à l'endroit où il l'avait interrompu : son arrivée au mas Balester.

Patrick posa sa valise dans une chambre somptueuse, comme il avait rarement l'occasion d'en voir, et qui respirait l'élégance et la tranquillité. La fenêtre, bordée de glycines, donnait sur le tennis et le parc planté d'oliviers et d'arbres rares. Tout cela au milieu du concert des tourterelles et des cigales. Comme Babeth aurait été heureuse, si elle avait été là ! En temps normal, ils auraient aussitôt testé le grand lit moelleux et frais, et se seraient lancés dans des ébats passionnés. Mais Patrick était venu pour autre chose. Il sortit de sa valise la gourmette qu'on avait retrouvée sur lui, enfant, et la serra au creux de sa main en fermant les yeux, comme une promesse qu'il faisait à sa mère.

En hôte attentif, Alexandre lui présenta Camille, sa fille – la mère de Cristal –, ainsi que Gilles, le frère de sa femme, qui vivait avec eux. Il insista pour que Patrick partage leur table, ce qui lui donna l'occasion de les observer à loisir.

Gilles Jolivet, dans la petite soixantaine, plutôt fuyant, s'occupait de l'intendance du domaine. C'était un homme fruste comparé à la délicatesse de sa sœur, Mathilde, l'artiste peintre. Il était redevable à son beau-frère de l'employer et se comportait comme un valet face à un maître, tout en restant un membre de la famille à part entière.

Camille Balester était une belle femme de 40 ans aux cheveux roux et vaporeux, mais qui manquait singulièrement de confiance en elle. Elle portait sur son corps frêle toute sa fragilité et une sensibilité à fleur de peau. Selon les renseignements fournis par Frémont, elle était dépressive depuis l'adolescence. Sa famille, qui la considérait comme malade, l'entourait de calme, de gentillesse et d'attentions. Elle avait suivi des études d'histoire de l'art, mais n'avait jamais pu se tenir à un métier. Elle alternait les périodes d'abattement et d'euphorie, ce dont avait toujours souffert sa fille. Cristal avait été élevée principalement par ses grands-parents, qui lui offraient l'équilibre que sa mère n'était pas en mesure de lui apporter. Une seule fois, Camille avait su s'extraire du cocon familial pour vivre une histoire avec le père de Cristal, mais une dépression postnatale l'avait vite ramenée dans le giron familial et avait sonné la fin de sa relation avec cet homme, professeur dans le Nord, qu'elle ne voyait plus.

Quand Camille et Patrick furent présentés l'un à l'autre, ils eurent l'impression de se connaître, mais furent incapables de se souvenir en quelles circonstances ils avaient pu se rencontrer. En recoupant le passé, ils ne virent aucune raison pour laquelle ils se seraient déjà croisés. Ils n'avaient pas fréquenté les mêmes endroits ni suivi leurs études dans les mêmes villes.

– Pourtant, j'ai l'impression qu'on se connaît depuis très longtemps, déclara Camille.

D'où leur venait cette impression tenace ?

Dès le lendemain de son arrivée, Patrick se glissa dans les chambres de Gilles et d'Alexandre afin de prélever quelques cheveux sur leur peigne. Leur ADN lui dirait s'il y avait une chance pour que l'un d'eux soit son père.

Durant la journée, Patrick était censé travailler. Il se rendit donc au commissariat comme si de rien n'était. Bien sûr, ses collègues se posaient des questions sur cette lubie qui l'avait pris de regagner chaque soir ce mas cinq épis au lieu de rentrer chez lui. Jean-François, qui ne voulait rien dévoiler de ses motivations réelles, se contenta de leur dire que Patrick traversait une période difficile, si bien que ses collègues ne manquèrent pas de lui adresser des mots d'encouragement ou de lui lancer des regards de compassion, persuadés que son couple était en crise.

Sara Douala était la plus attentive à la situation de Patrick, et certainement la plus intéressée par cette pseudo-crise conjugale. Elle vint le voir en fin de journée pour l'interroger, profitant de la complicité qu'ils avaient nouée ces derniers temps.

– Il paraît que vous avez un problème de couple… Permettez-moi de vous demander : ça vient de vous ou de votre femme ?

Démentir, c'était attirer les soupçons sur son enquête personnelle au mas. Or, la commissaire ne devait pas apprendre qu'il abusait de sa position pour demander des tests ADN au laboratoire.

– C'est plus compliqué que ça, répondit évasivement Patrick.

– Vous avez peut-être quelqu'un dans votre vie ?

– Non, personne.

Mais, au moment même où il disait cela, comme pour le contredire, le visage doux et triste de Camille Balester lui apparut. Elle flottait devant ses yeux, souriante, comme un rêve, ou plutôt un appel.

Pourquoi le visage de Camille se rappelait-il à lui comme une obsession ? Cette femme lui inspirait un sentiment de mélancolie et de douceur apaisante qui semblait venir de la nuit des temps. Patrick se rapprocha d'elle après le dîner, afin de percer l'énigme.

– Vous avez de la chance d'habiter ici toute l'année, fit-il remarquer à Camille.

– Je n'ai pas le choix.

– Pourquoi ?

– Je me sens mal dès que je quitte cet endroit. Ce qui ne veut pas dire que je m'y sente bien. Mais dès que je sors, c'est pire. Pardon, je dois vous ennuyer avec mes jérémiades !

– Non, pas du tout.

– Je suis dépressive. Je n'arrive pas à m'en sortir. Ça me colle, ça me poursuit… À certains moments je vais mieux, à d'autres je m'écroule.

– Ce doit être très pénible.

– Ce n'est pas facile. Surtout quand les gens me disent qu'il suffirait que je me secoue un peu, alors que le simple fait de me lever le matin me demande un effort surhumain.

– Vous êtes-vous souvenue de l'endroit où nous nous sommes rencontrés ?

– Non. Mais c'était il y a longtemps et c'était très fort, même si, apparemment, on ne veut ni l'un ni l'autre que ces moments remontent à la surface.

Patrick ressentait exactement la même chose.

– Pourquoi, à votre avis ?

– Parce que ça bouleverserait nos vies à tous les deux, vous ne croyez pas ?

Juste après avoir dit ça, Camille se pencha vers lui et déposa lentement un baiser sur ses lèvres, puis elle s'écarta. Elle le regarda intensément, de ses beaux yeux tristes, avant de partir brusquement, laissant Patrick infiniment troublé.

Que se passait-il ? Était-ce cela, la passion dont parlent les livres, celle qui peut faire perdre tout contrôle et oublier la femme qu'on aime ? Non, c'était insensé, il aimait Babeth et connaissait à peine Camille. C'était autre chose. Patrick avait l'intuition qu'il ne s'agissait pas de cela et que leur rencontre avait eu lieu dans l'enfance, d'où ce sentiment troublant de « reconnaissance » qu'ils avaient confondu avec du désir. Était-ce parce que Camille et lui s'étaient rencontrés avant le meurtre de sa mère ? Était-elle la clé de la vérité ?

Le lendemain, Camille vint vers lui au petit-déjeuner, servi dans le salon par une domestique.

– Je suis désolée, je n'ai pas pu me contrôler. J'ai ressenti un besoin très fort de me sentir plus proche de vous.

– J'éprouve aussi cette attirance, reconnut Patrick avec honnêteté.

– Nos âmes sont proches et nos corps s'attirent comme des aimants. Les hindouistes diraient que nous nous sommes connus dans des vies antérieures.

Elle plongea ses yeux dans les siens, espérant le même élan que la veille.

– Je ne crois pas en la réincarnation, Camille.

– Alors comment expliquer ce qui se passe entre nous ? Simple attirance sexuelle ?

– Il y a un lien mystérieux entre nous, c'est vrai. Nous le sentons tous les deux, et j'aimerais savoir pourquoi. Mais j'aime ma femme et je ne veux pas la tromper. Je regrette d'avoir répondu à votre baiser, je ne veux pas que vous vous fassiez des idées.

Elle tressaillit sous l'effet de la déception, puis esquissa un sourire triste.

– Ne vous inquiétez pas, ma dépression s'est chargée de faire disparaître toutes mes illusions.

***

Camille m'apparaît comme un personnage extrêmement touchant. J'ai envie, à l'instar de Patrick, de la prendre dans mes bras pour la rassurer et de la soigner comme un oiseau blessé. Comment imaginer que les murs de cette splendide propriété où tout le monde rêverait de vivre abritent une femme si malheureuse, effrayée par la vie, perpétuellement agressée par elle ? Et je ne peux m'empêcher de me demander si sa dépression n'est pas liée au drame qui a bouleversé l'enfance de Patrick.

La sachant si fragile, Patrick répugnait à l'utiliser pour faire avancer son enquête. Il risquait de lui faire beaucoup de mal s'il lui laissait espérer quoi que ce soit. Par égard pour elle, mais aussi par prudence envers ses propres sentiments, il prit ses distances avec elle et poursuivit son enquête autrement. Après tout, il y avait d'autres témoins encore vivants, et Camille était trop jeune à l'époque des faits pour avoir une quelconque responsabilité dans ce qui s'était passé. Au petit-déjeuner, d'un air détaché, il interrogea Gilles, le beau-frère de Mathilde, sur l'histoire du mas.

– Un ami m'a dit que cette maison était un lieu mythique dans les années 1970. Est-ce bien vrai qu'il y avait des fêtes incroyables ici ?

– Les gens embellissent toujours la réalité. Il y a eu des fêtes ici comme il y en a eu ailleurs.

– Je suppose que votre sœur Mathilde devait rassembler le gratin artistique de la région.

– Je n'étais pas souvent en France à l'époque. Je voyageais beaucoup.

Il ne servait à rien de poursuivre. Gilles ne se montrait pas très disert avec son nouvel hôte. Est-ce parce qu'il était policier ? Alexandre se montra plus affable, mais guère plus enclin à parler de cette époque. Patrick ne pouvait pas insister sans susciter leur curiosité. Il tournait en rond, son enquête piétinait. De plus, les résultats du test ADN venaient de tomber : ni Gilles ni Alexandre n'étaient son père. Il n'avait pas l'ombre d'un début de piste. Aussi se résolut-il à solliciter l'aide de Camille. Il vint vers elle en rentrant du travail, alors qu'elle prenait le soleil sur la terrasse.

– Je suis désolé si je vous ai blessée ce matin. J'ai été maladroit.

Il lui expliqua qu'il avait réfléchi à leur sensation de déjà-vu, et que, selon lui, il fallait prendre cette idée au pied de la lettre : ils s'étaient réellement déjà vus, peut-être même dans cette maison. Il ne se rappelait pas être venu, mais il n'avait pas eu l'occasion de voir toutes les pièces. Peut-être qu'en les parcourant il retrouverait la mémoire. Pour le savoir, il lui demanda de lui faire visiter le mas de fond en comble.

– Je suis fatiguée. Je n'ai pas envie de marcher.

– Camille… Vous ne voulez pas m'aider ?

Camille le considéra avec méfiance. Ses yeux semblaient dire : pourquoi insistes-tu ? Ne peux-tu pas me laisser tranquille ? Mais le désir qu'elle avait d'être avec Patrick l'emporta.

– D'accord. Je vais vous montrer la maison. De la cave au grenier si ça vous amuse.

Alexandre et Mathilde Balester venaient de partir à un dîner en ville ; Gilles, au fond du parc, s'occupait d'arroser les immenses parterres de fleurs ; Cristal, quant à elle, était chez les Nebout avec Valentin. L'heure était idéale pour fouiller la maison sans éveiller les soupçons.

Mais le plan de Patrick fut remis en cause par l'apparition tout à fait improbable d'une femme à l'entrée de la propriété. Sara Douala ! Dans une robe sexy, perchée sur des talons aiguilles qui s'enfonçaient dans les graviers, elle se dirigeait vers eux en souriant. Patrick se rendit au-devant d'elle.

– Il y a un problème au commissariat ?

– Non, pas du tout. Arrêtez deux minutes de me voir comme votre commissaire. Je voulais vous inviter à boire un verre. J'ai découvert une nouvelle boîte, ils font des mojitos à tomber et ils passent de la musique sud-américaine.

Patrick n'avait aucun doute sur les intentions de sa supérieure. En plus de la robe, Douala s'était maquillée, ce qu'elle ne faisait jamais au commissariat. Il était évident qu'elle avait décidé de profiter du break officiel de Patrick pour tenter sa chance. Elle avait pris son courage à deux mains et avait foncé. Comment lui faire comprendre en douceur qu'elle faisait fausse route ?

– Merci, c'est gentil, mais je n'ai pas la tête à ça.

– Ça va venir, faites-moi confiance. Après deux ou trois salsas, vous aurez oublié vos soucis.

Elle se mit caresser doucement la joue de Patrick. La situation devenait grotesque. D'un geste calme, il retira la main de Sara.

– Écoutez… je ne suis pas libre. J'avais besoin de faire le point, je l'ai fait. Et j'ai compris à quel point je tenais à ma femme.

Douala reçut ce refus comme une gifle.

– OK. J'ai l'air conne, hein ?

– Non, pas du tout. Vous êtes très belle.

– C'est ça, une très belle conne. Je ferais mieux de rentrer.

Patrick, avec un sourire navré, voulut la rassurer.

– Je suis désolé. En ce qui me concerne, c'est oublié.

Pour toute réponse, Douala s'engouffra dans sa voiture, démarra nerveusement et disparut dans un nuage de fumée, laissant Patrick contrarié. Vraiment, il n'avait pas besoin de cela !

Sans compter que le lendemain, à la table du petit-déjeuner, Camille lui faisait ostensiblement la tête. Elle avait été fort agacée par la venue de Sara Douala.

– Je préfère quand les gens sont honnêtes, et vous ne l'êtes que quand ça vous arrange. Je constate que vos principes sur l'amour et la fidélité sont à géométrie variable.

Patrick lui expliqua que sa collègue s'était méprise, et qu'il lui avait dit la même chose qu'à elle, à savoir qu'il n'était pas libre et qu'il aimait sa femme. Camille acquiesça, apparemment soulagée.

Le soir, la jeune femme l'emmena enfin dans les pièces qu'il n'avait pas eu l'occasion de visiter : les chambres du deuxième étage qui n'avaient pas été restaurées, le grenier, sans oublier les caves. C'est dans l'une d'elles, qui servait de remise, que Patrick fit une découverte surprenante.

Les toiles d'araignées s'étiraient entre les chaises trouées, les fauteuils éclopés et les pots de chambre ébréchés. Camille trouvait l'endroit oppressant.

– Je suis un peu claustrophobe. Venez, on remonte. Il n'y a rien ici.

Mais Patrick tenait à explorer la pièce. Dans le recoin le plus obscur, il balaya de sa lampe torche de vieux tableaux posés à l'envers contre le mur, en partie dissimulés par un meuble. Ce qu'il vit en les retournant le cloua au sol. Il s'agissait des portraits d'une jeune femme, dont les yeux avaient été troués.

Emmanuelle ! Dans un flash de sa mémoire, sa mère lui apparut, souriant tendrement dans le soleil, ses fins cheveux au vent.

Camille s'approcha de Patrick, inquiète de son mutisme soudain.

– Patrick, ça va ?

– Vous savez qui a peint ces toiles ?

– Non. Je ne les avais jamais vues.

– C'est peut-être Mathilde ?

– C'est impossible, ma mère ne peint que de l'abstrait.

– Pourquoi ont-elles été lacérées ?

– Je ne sais pas. Elles me mettent mal à l'aise avec ces yeux percés. Remontons ! Je ne veux pas rester ici.

Ils sortirent aussitôt, sans dire un mot de plus. En regagnant sa chambre, Patrick, encore sous le choc, voulut appeler Babeth, mais le téléphone de sa femme était sur répondeur. Quelle frustration de ne pouvoir partager cette découverte ! À ce moment-là, Camille frappa à la porte de sa chambre.

– Je suis désolée de vous déranger, mais, depuis que j'ai vu les toiles, je me sens mal. Ce visage aux yeux crevés ne me quitte pas. Comme s'il s'était imprimé dans ma mémoire.

– Vous ne savez pas pourquoi ?

– Non, mais je voulais savoir si vous ressentiez ce malaise.

– Oui, répondit Patrick dans un souffle.

Il ressentait la même angoisse et il éprouvait un furieux besoin de l'avouer, quitte à se rapprocher dangereusement de Camille.

– Encore une fois, nous vivons les mêmes sentiments, en conclut-elle, heureuse. Je me sens tellement seule, comme si j'avançais dans l'obscurité en me cognant et en trébuchant sans cesse.

– Et personne n'est là pour vous aider…

– Non.

Mue par un désir profond de partager corps et âme l'angoisse qui la submergeait depuis l'enfance, Camille s'approcha de lui, brûlante, prit son visage entre ses mains et l'embrassa. Patrick ne résista pas. Lui aussi avait besoin d'expulser cette peur qui lui tenaillait le ventre depuis que ses cauchemars avaient commencé. Son passé hurlait dans tout son être. La violence se mêlait au souvenir de l'infinie douceur de la première femme qui avait fait partie de sa vie, sa mère. Cette force obscure, venue de la nuit des temps, se transformait en un désir irrépressible pour le corps et la bouche de Camille. Ils se jetèrent sur le lit et, bientôt, se débattirent comme des naufragés dans la tempête, emportés par une vague de plaisir libérateur.

***

Au matin, Patrick se réveilla dans les bras de Camille, qui le regardait avec un sourire comblé. Tout lui revint à l'esprit, et un profond regret s'empara de lui. Pourquoi avait-il cédé ? Il ne se reconnaissait pas. Était-ce bien lui dans ce lit, aux côtés de cette femme quasi inconnue qui le regardait avec des yeux pleins d'amour ?

– Ça fait longtemps que tu es réveillée ? demanda-t-il.

– Je n'ai pas beaucoup dormi. Je n'avais pas mes médicaments. Mais ce n'est pas grave, j'étais bien. Toi aussi tu avais l'air bien. Tu dormais comme un bébé.

Elle posa amoureusement sa tête contre son torse. Patrick, crispé, s'écarta brusquement.

– Il faut que je me lève, je vais être en retard au boulot.

– Attends encore un peu, s'il te plaît. Je suis tellement bien dans tes bras.

Elle se mit à embrasser son cou, son oreille, puis sa bouche… Patrick s'efforça de répondre du bout des lèvres à son baiser. Comment lui dire, sans la heurter, que ces caresses adultères le dégoûtaient de lui-même, qu'il avait envie de s'enfuir ? Son téléphone, posé au pied du lit, sonna, lui donnant une bonne excuse pour se dégager de l'étreinte de Camille. Mais le numéro qui s'affichait sur son portable renforça son sentiment de culpabilité : c'était Babeth. Il ne pouvait pas lui parler après ce qui s'était passé. Il laissa sonner, puis s'habilla et fila au commissariat. Babeth essaya toute la matinée de le joindre, mais il n'eut pas le courage de décrocher.

À l'heure du déjeuner, Patrick avait rendez-vous avec Charles Frémont pour qu'il lui remette des micros à poser au mas Balester. Charles se mit en devoir de lui en expliquer le fonctionnement, mais il se rendit vite compte que Patrick avait la tête ailleurs. Celui-ci lui avoua – parce qu'il est plus facile de se libérer d'un secret avec un inconnu qu'avec une personne proche – qu'il avait passé la nuit avec Camille Balester.

– C'est un accident, ne vous inquiétez pas, conclut Charles sur un ton paternel.

– Je ne ressens rien pour cette femme. J'aime Babeth, c'est elle qui compte, c'est elle qui remplit ma vie. Je ne comprends pas pourquoi j'ai fait ça !

– Si j'ai un conseil à vous donner, c'est celui-là : enfermez ça au fond de vous et n'en parlez jamais. À personne.

– Mais je ne veux pas lui mentir ! Nous ne nous cachons rien.

– Cet événement ne compte pas pour vous, il n'a pas existé. Si vous tenez à votre femme, c'est ce qu'il faut vous dire.

Frémont avait raison, Patrick se promit de garder cela pour lui. Babeth ne devait pas souffrir par un excès de franchise qui ne servirait finalement qu'à le soulager, lui. Il se mit à regretter de s'être lancé dans une enquête qui risquait de détruire ce qui comptait vraiment pour lui : sa femme, sa famille. Et pour trouver quoi ? Il n'y avait que des morts derrière lui. Après tout, rien ne l'obligeait à retourner au mas Balester ni à découvrir qui était l'assassin de sa mère. Cela ne la ressusciterait pas. Mais il savait aussi, en sondant le fond de son cœur, qu'il était trop tard pour reculer. Il ne pouvait pas laisser mourir la mémoire de sa mère, à l'image de ses portraits qui moisissaient au fond de la cave. Il devait savoir qui avait eu assez de haine envers la jeune femme pour lui crever les yeux. Le meurtrier était certainement la même personne.

L'après-midi, Babeth déboula au commissariat, inquiète et furieuse de ne pas avoir de nouvelles de son mari.

– Hier soir, tu me laisses un message angoissé pour me dire que tu veux me parler, et après tu disparais de la circulation !

Patrick lui raconta alors ce qu'il avait trouvé dans la cave des Balester. Les portraits de sa mère. Les yeux crevés. Babeth se réjouit que Patrick tienne enfin une piste. Pourtant, elle le sentait tracassé. Quand il parlait, il baissait insensiblement les yeux, comme s'il ne voulait pas croiser son regard.

– Il y a autre chose qui ne va pas ?

Il en coûtait à Patrick de soutenir ce regard franc, mais elle ne devait pas savoir.

– Non, mais ça m'a remué de trouver ces toiles.

C'est pour ça que je ne t'ai pas rappelée ce matin, je n'y arrivais pas…

Il mentait. Par tous les pores de sa peau, Babeth le sentait, il mentait ! Mais sur quoi ? Et pourquoi ?

– C'est trop dur. Je devrais peut-être laisser tomber… laissa-t-il échapper.

Une lueur interrogative passa dans les yeux de Babeth. Que cachait cette volonté soudaine d'abandonner ? Cherchait-il à fuir quelque chose au mas ? Elle était à deux doigts de faire une scène, mais elle se retint, par fierté. Elle voulait faire confiance à Patrick. C'était un risque à prendre pour tester leur amour. Elle refusait de laisser place aux soupçons insidieux qui rongent les couples. Pas eux !

– Non. Tu vas rester, tu vas comprendre et on va se sortir de cette sale période.

Patrick était encore plus culpabilisé par cette preuve d'amour. Il se sentait sale et méprisable. Il esquissa un mouvement de recul quand elle voulut l'embrasser au moment de partir. Babeth perçut immédiatement son malaise.

– Je t'aime, murmura-t-elle en appuyant bien fort sur ses lèvres.

Elle prononça cette phrase comme un talisman pour protéger son couple. Intuitivement, elle avait senti qu'il était en danger.

Patrick, de son côté, était décidé à clarifier la situation avec Camille. Durant toute la journée, celle-ci avait flotté sur un petit nuage. Elle aimait et elle était aimée ! Son père n'avait pas réussi à entamer sa bonne humeur. Quand il lui avait demandé des comptes sur la nuit qu'elle avait passée dans la chambre de Patrick, elle s'était indignée.

– C'est dingue ! J'ai passé l'âge que mon père surveille mes relations amoureuses. Oui, j'ai couché avec lui, qu'est-ce que ça a de si extraordinaire ? Tu penses que je suis trop folle pour plaire à un homme ?

Voulant faire profiter sa fille de son bonheur, elle était allée chercher Cristal à la sortie du lycée pour l'emmener faire les boutiques. Mais l'adolescente était restée sombre tout l'après-midi, car elle avait appris à se méfier des accès d'euphorie de sa mère, souvent suivis d'une période de dépression. Et elle avait raison, car le bonheur hystérique de Camille ne pouvait pas durer. D'ailleurs, au fond d'elle-même, Camille n'était sûrement pas dupe de cet amour que Patrick lui portait.

Quand celui-ci rentra du commissariat, elle se précipita dans ses bras avec un enthousiasme excessif.

– Tu m'as manqué !

Patrick la repoussa doucement mais fermement.

– Camille… commença-t-il sur un ton embarrassé, ce qui s'est passé entre nous était vraiment très fort, mais ça ne peut pas continuer. C'était une erreur. Je suis marié et je ne veux pas quitter ma femme. Je suis désolé si je t'ai laissée croire que je t'aimais.

Camille le regarda avec un tel désespoir que Patrick crut voir comme un voile se déchirer dans ses yeux. Elle était de nouveau seule, au fond d'un gouffre qui se refermait sur elle. Elle le gifla puis s'enfuit en éclatant en sanglots.

Patrick resta un moment immobile puis porta la main à son visage. Le feu cuisant sur sa joue était dérisoire à côté du mal qu'il venait de causer. Il s'était conduit en véritable salaud : sur ce point, il était d'accord avec Camille.

***

La réaction des parents de Camille ne se fit pas attendre. Alexandre Balester, avec sa façon d'aborder les problèmes en douceur, lui demanda où il en était de son petit break sentimental. Avait-il trouvé la paix qu'il recherchait ? Patrick perçut bien sûr tout le non-dit de sa question et le rassura en lui disant qu'il avait décidé de tout faire pour restaurer l'harmonie de son couple.

Mathilde réagit de façon bien plus directe. Elle vint le voir à son bureau et lui demanda de partir au plus vite pour préserver la santé de sa fille.

– Pour vous, ce n'était peut-être qu'une aventure sans lendemain, mais Camille ne voit pas les choses ainsi. Ma fille est malade et vous avez déjà fait assez de dégâts comme ça. Si vous avez un minimum de respect pour elle, et pour nous, sortez de sa vie. Vous comprendrez que je préfère que vous quittiez le mas au plus vite.

Cet ultimatum obligeait Patrick à arrêter son enquête, il fallait gagner du temps. Nous étions jeudi, il demanda à prolonger son séjour jusqu'à la fin de la semaine, le temps de se préparer à un retour anticipé chez lui. Mathilde y consentit.

Patrick avait l'intention de tenir parole, car lui aussi avait envie de regagner son foyer. Jean-François l'avait d'ailleurs mis en garde au sujet des soupçons de Babeth. Le brigadier s'était introduit un midi dans son bureau, l'air penaud, ne sachant pas comment aborder le problème.

– Je suis passé prendre un café chez toi, ce matin. J'ai l'impression que Babeth ne va pas trop bien. Elle se pose des questions. Elle se demande si tu n'es pas en train de lui cacher des choses.

– C'est n'importe quoi ! Je n'ai rien à lui cacher, répondit Patrick en tentant de dissimuler son malaise.

– C'est ce que je lui ai dit, mais tu la connais... Il faudrait peut-être que tu la rassures. Tu sais, c'est dur pour Babeth et les enfants que tu ne sois pas là. Je leur parle tous les jours et je vois bien qu'ils sont un peu chamboulés. Même si c'est important pour toi, cette enquête, ne les laisse pas tomber.

Ainsi, comme Patrick le pressentait, Babeth subodorait ses mensonges, et les enfants s'inquiétaient de son absence prolongée loin de leur mère. Il était temps de rentrer avant que sa famille n'explose. Oui, il allait quitter le mas, mais non sans avoir tiré sa dernière cartouche...

Le soir, l'air conciliant, il vint trouver Mathilde et Alexandre dans le salon pour officialiser sa décision de plier bagage à la fin de la semaine.

– Je suis content qu'on se comprenne, déclara Alexandre avec flegme. Je vais confirmer votre départ à Gilles.

– Avant de partir, je voulais vous demander une dernière chose à tous les deux.

– Laquelle ?

– Quand votre fille m'a fait visiter le mas, je suis tombé sur un tableau signé Mathilde Balester qui m'a beaucoup plu. Je me demandais si je pourrais vous l'acheter.

– Où est ce tableau ?

– À la cave. Il y en a trois ou quatre dans le même genre. Apparemment, ils sont là depuis longtemps.

Les époux Balester échangèrent furtivement un regard inquiet. Quels tableaux ?

– Je ne vois pas du tout ce que ça peut être, répondit Mathilde.

– Le plus simple serait peut-être que je vous les montre, non ?

Patrick les entraîna à la cave et, avec sa lampe torche, découvrit à ses hôtes les portraits de sa mère aux yeux crevés, observant leur réaction.

La contrariété s'afficha instantanément sur le visage d'Alexandre. Mais c'est la réaction de Mathilde qui fut la plus forte. L'émotion la gagna au point qu'elle fut quelques secondes sans pouvoir parler.

– Vous êtes l'auteur de ces toiles ? lui demanda Patrick.

– Oui… Je les ai faites il y a très longtemps, répondit-elle d'une voix blanche, tout en interrogeant son mari du regard.

Alexandre, à ses côtés, montrait des signes de nervosité.

– Tu m'avais dit que tu les avais données, dit-il à sa femme sur un ton de reproche.

– C'est ce que j'avais fait, répondit-elle du tac au tac.

– La preuve que non.

Patrick avait perçu leur malaise, mais il fit mine de se renseigner innocemment.

– Si elles appartiennent à quelqu'un, je suppose que vous ne pouvez pas les vendre sans son accord ?

– Si elles sont là, c'est que la personne n'en a pas voulu, répondit sèchement Mathilde, comme si elle en voulait à la personne en question.

Patrick voulut battre le fer tant qu'il était chaud.

– Je les trouve réussies. Cette jeune femme est très belle. C'était une de vos amies ?

– Non. Juste un modèle.

Mathilde devint soudain très triste, comme hantée par les souvenirs que faisaient remonter ces toiles. Alexandre la regardait, visiblement mécontent.

– Vous lui avez consacré une série entière, continua Patrick. Si je ne me trompe pas, c'est elle sur toutes les toiles…

– Ce ne sont que des études. Des séries de ce genre, j'en ai fait des centaines.

– Dommage que les toiles aient été abîmées. Je suppose que ce n'est pas vous qui avez fait ça ?

– Je n'avais aucune raison de le faire, répondit-elle sur un ton désarmant de franchise.

Elle souffrait mais, au lieu de détourner les yeux des tableaux, qui visiblement continuaient de la remuer au plus profond d'elle-même, elle ne pouvait s'empêchait de les regarder.

D'un geste décidé, Alexandre les retourna et les replaça derrière le meuble où Patrick les avait trouvés.

– Ces toiles ne sont pas à vendre, expliqua-t-il. Elles ne correspondent pas au travail actuel de ma femme. Elles ne doivent pas sortir sur le marché, elles feraient baisser sa cote.

– Bien sûr, mais je n'ai pas l'intention de les revendre.

– Je vous ai dit non. Merci de ne pas revenir sur le sujet, répondit-il d'un ton péremptoire.

Patrick s'empressa de regagner sa chambre pour brancher les écouteurs des micros qu'il avait installés. Il ne voulait pas rater les confidences qui allaient suivre l'incident. Il avait remué le passé, ses hôtes n'allaient pas tarder à en parler entre eux. La seule conversation qu'il réussit à capter fut celle entre Mathilde et son frère. Elle venait de lui rendre compte de ce que Patrick avait découvert à la cave.

– Tu veux parler des nus que tu avais donnés à Emmanuelle ? s'enquit Gilles.

– Oui. J'étais sûre qu'elle les avait pris avec elle en partant. Comment ont-ils pu arriver là ?

– Peut-être qu'elle a changé d'avis au dernier moment et les a laissés ?

– Mais pourquoi ? Et comment se sont-ils retrouvés dans cet état ? Elle a les yeux crevés sur tous les tableaux.

– Ça remonte à plus de trente ans, tu es sûre que ça vaut encore la peine de se poser la question ?

– Comment peux-tu me demander ça ? demanda Mathilde douloureusement.

– Tu as déjà beaucoup souffert à cause de toute cette histoire.

– Non, ce qui me faisait souffrir, c'était de ne pas comprendre. Si elle a caché ces tableaux, c'était peut-être pour laisser un message…

– Arrête Mathilde. Ce n'est pas elle qui est allée les cacher. C'est moi. Je les lui ai pris avant qu'elle parte, et c'est moi qui leur ai donné ces coups de couteau.

– Pourquoi as-tu fait une chose pareille ?

– Pour tout le mal qu'elle nous a fait.

Dans sa chambre, Patrick était sous le choc de la révélation. Ainsi, Mathilde semblait croire qu'Emmanuelle était simplement partie, elle ignorait qu'elle avait trouvé la mort dans les murs de sa maison. Quant à Gilles, avait-il pris les tableaux à la jeune femme alors qu'elle fuyait, comme il le prétendait, ou avait-il dépouillé son cadavre ? Le plus probable était qu'il savait qu'elle n'était jamais ressortie de la maison, et même qu'il était l'auteur de sa mort. Mais pour quelle raison ? Quel « mal » avait causé Emmanuelle à cette famille ? De quoi avait « souffert » Mathilde ? Quoi qu'il en fût, c'était assez grave pour que son frère décide de la supprimer.

Camille fut mise au courant du coup d'éclat de Patrick, et sa réaction ne tarda pas. Elle déboula au commissariat dans tous ses états, visiblement très affectée par ce qu'elle avait déduit de l'événement.

– Ma mère dit que je me suis fait avoir, que tu m'as manipulée. Tu t'es servi de moi ! Avoue que la seule chose qui t'intéressait, c'était ces tableaux.

Elle s'était adressée à lui sans prendre garde à ses collègues, dans la grande salle du commissariat. Sara Douala, qui était sortie de son bureau à ce moment-là, assistait comme les autres à cette scène d'hystérie. Patrick, affreusement gêné, tenta d'y mettre fin.

– Calme-toi, Camille… C'est faux, je te le jure. Je suis tombé par hasard sur ces toiles.

Sa réponse ne fit qu'exacerber le ressentiment de Camille.

– Qu'est-ce que tu attendais de moi ? Pourquoi tu m'as sautée comme une vulgaire prostituée ? Tu crois que c'est une façon de se comporter avec les femmes ? Tu me dégoûtes !

Elle partit en courant, tandis que les collègues de Patrick faisaient mine de ne rien avoir entendu. Mais la scène n'avait pas échappé à Douala, et une heure plus tard, alors qu'ils faisaient le point sur le planning, elle y fit allusion.

– Et vos histoires personnelles, ça va mieux ?

– Pardon ?

– Je vous ai entendu avec votre maîtresse, tout à l'heure. Elle n'a pas apprécié votre mensonge, on dirait.

Patrick fut heurté par cette remarque intrusive. Elle avait employé ce terme de « maîtresse » avec beaucoup de mépris.

– C'est ma vie privée, commissaire.

– Je dirige une équipe. Et le boulot repose aussi

sur la confiance. Alors je préfère bien connaître mes hommes. Je sais maintenant que vous êtes capable de mentir en me regardant droit dans les yeux. C'est bon à savoir.

– Je ne vous ai jamais menti.

– Vous m'avez affirmé que vous étiez un homme fidèle et encore très amoureux de sa femme.

– C'était vrai.

– Attention, je n'aime pas les hypocrites, Nebout, et c'est ce que vous êtes. Je ne l'oublierai pas. Retournez faire votre travail, maintenant.

Patrick encaissa cette humiliation en serrant les dents. Douala l'avait clairement traité de menteur et d'hypocrite, et il devait reconnaître qu'elle n'avait pas tout à fait tort. Mais, ce qui le tourmentait le plus, c'était que Camille fût devenue à ce point incontrôlable : du jour au lendemain, elle était capable de tout révéler à Babeth. Il se rendait compte qu'il risquait de perdre la femme de sa vie. Aussi, quand il vit Babeth pour faire avec elle un bilan de la journée, il prit bien soin de lui rappeler qu'il serait de retour le lundi à la maison.

Ce qu'il ignorait, c'était que Babeth recevrait dans le courant du week-end une lettre anonyme affirmant que Patrick l'avait trompée avec Camille.

***

Babeth m'a donné des détails sur cette lettre. Dessus, il y avait écrit exactement : « Votre mari rentre au bercail. Dommage qu'il ait couché avec Camille Balester. » Choquée, elle avait d'abord jeté la lettre loin d'elle, comme s'il s'agissait d'un serpent. Elle provenait de quelqu'un qui lui voulait du mal et, rien qu'en la lisant, elle avait l'impression d'être tombée dans un piège. Mais, passé la stupeur, Babeth n'avait pu s'empêcher de penser que le corbeau disait peut-être la vérité. Le comportement de Patrick laissait à penser qu'il lui cachait quelque chose. Elle le sentait fuyant, presque gêné en sa présence. Et si c'était vrai ? S'il l'avait trompée ? Fragilisé par l'histoire de sa mère, il avait très bien pu se rassurer dans les bras d'une bourgeoise désœuvrée en mal d'aventure.

Elle se représentait Camille Balester comme une créature diaphane, recluse et assoiffée d'hommes, une sirène qui avait fait de sa fragilité une arme de séduction impitoyable. Elle ne l'avait jamais vue, et sa première idée fut d'aller jusque chez elle la gifler devant Patrick et sa famille. Et puis elle songea que c'était trop facile de reporter sa colère sur cette femme inconnue, et que la personne à qui elle en voulait le plus, celui qu'elle avait envie de massacrer, c'était Patrick.

Il l'avait trahie.

Il restait cependant un espoir que le corbeau ait menti. Peut-être que Patrick n'avait pas cédé et que, pour se venger, Camille Balester, nymphomane hystérique, avait envoyé cette lettre... Tout le week-end, Babeth remua ses doutes, en essayant de cacher son inquiétude à Valentin et à Léa. Quand Cristal vint déjeuner chez eux, invitée par Valentin, elle ne put s'empêcher de scruter la jeune fille avec attention, essayant de chercher dans ses traits à quoi pouvait ressembler la mère. Babeth appréciait beaucoup Cristal. C'était une jeune fille très douce ; si droite et si sérieuse qu'il était difficile d'imaginer, à travers elle, l'espèce de sorcière qui lui avait volé son mari... Et pendant ce temps Patrick était encore au mas, soi-disant pour boucler son enquête... Que faisait-il ? Était-il en train de caresser « l'autre » ? De lui dire adieu en lui faisant l'amour ? Avec Patrick, ils échangèrent quelques mots au téléphone, mais il paraissait toujours absent.

Lundi arriva. Les enfants étaient heureux et soulagés à l'idée que Patrick revienne. Tout allait rentrer dans l'ordre. Aussi est-ce avec étonnement qu'ils constatèrent, au petit-déjeuner, le manque d'entrain de leur mère. La croyant fatiguée, ils lui proposèrent de préparer eux-mêmes le repas du soir pour accueillir le père prodigue.

– Si vous voulez, articula Babeth sans enthousiasme, le regard dans le vide, suscitant une légère inquiétude chez Valentin et Léa.

Or, ce matin-là, de façon tout à fait inattendue, Babeth eut l'occasion de voir sa rivale à l'hôpital. Elle avait pris son service à 8 heures, essayant tant bien que mal de ne pas reporter sa mauvaise humeur sur ses patients, quand, au détour d'un couloir, elle tomba nez à nez avec Mathilde Balester, sortant d'une chambre avec un air préoccupé. Elle lui apprit que sa fille, Camille, avait été admise ce week-end à l'hôpital après une tentative de suicide aux médicaments.

Babeth lui en demanda la raison, mais Mathilde se contenta de lui expliquer que Camille était sujette à ce genre de crise, souffrant de troubles bipolaires depuis sa jeunesse. Comme Babeth insistait pour connaître les motivations précises de son geste, Mathilde esquiva, prétextant un coup de fatigue. Cette fuite renforça les doutes de Babeth. Après avoir hésité quelques secondes devant la porte de Camille, elle entra.

La femme qu'elle vit enfoncée dans son oreiller, toute frêle, ses cheveux vaporeux dispersés autour de sa figure pâle, lui inspira d'abord de la pitié. Babeth savait reconnaître une personne qui souffre, plus encore dans sa tête que dans son corps. Camille Balester semblait aspirée par un mal-être bien plus profond que la simple fatigue due à son récent lavage d'estomac. Mais, aussitôt, un sentiment de haine vint balayer toute compassion chez Babeth. Cette fragilité émouvante, c'était l'arme employée par cette femme pour lui voler son mari. Il s'agissait d'un charme vicieux et insidieux. Elle en fut écœurée.

– Je suis Babeth Nebout, la femme de Patrick, lança-t-elle en guise de déclaration de guerre.

Camille se troubla mais essaya de donner le change de façon naturelle.

– Ah oui, Cristal m'avait dit que vous étiez infirmière.

Babeth choisit l'attaque frontale.

– Je veux savoir la vérité. Qu'est-ce qui s'est passé entre mon mari et vous ?

– Rien ! répondit Camille sur un ton paniqué.

– C'est à cause de lui que vous êtes là ?

– Je ne comprends pas de quoi vous parlez. Je suis traitée pour des troubles maniaco-dépressifs.

– Arrêtez de me prendre pour une bille. Vous avez couché avec lui et, quand il vous a dit qu'il rentrait gentiment chez Bobonne, vous avez pété les plombs.

Face à la détermination de Babeth, Camille se sentit désarmée.

– Vous êtes folle, se borna-t-elle à répondre en masquant le tremblement de sa voix. Je ne sais pas pourquoi vous imaginez des choses pareilles.

– Je n'imagine pas, c'est la vérité. Osez dire le contraire en me regardant dans les yeux !

Camille essaya de soutenir un instant le regard terrible et bleu de Babeth, puis elle tendit la main vers la sonnerie.

– Si vous ne me laissez pas tranquille, j'appelle quelqu'un.

Babeth la considéra froidement. Elle ne ressentait plus de haine pour cette femme, seulement du mépris.

– Je m'en vais. J'ai la réponse à mes questions. Vous êtes très certainement malade, mais ça ne vous excuse pas. Vous êtes aussi une salope.

Babeth sortit sans un regard pour Camille. Dans sa tête, tout venait de s'écrouler. Elle ne comprenait plus Patrick : comment avait-il pu être attiré par une femme pareille, à l'opposé d'elle-même ? Après tout, cette créature fragile était peut-être son véritable genre de femme. Mais alors, que faisait-il avec elle depuis quinze ans ? Était-elle un pis-aller ? Patrick, dont elle s'était crue si proche et dont elle pensait connaître les goûts, lui apparaissait tout à coup aussi mystérieux qu'un inconnu. Il ne l'avait pas trahie, c'était pire que ça : il ne l'avait jamais vraiment aimée.

En rentrant chez elle, Babeth s'était mise à nettoyer énergiquement la cuisine, tâche qui habituellement l'ennuyait au possible. Mais, ce jour-là, elle avait un besoin urgent de se vider la tête. Un bruit de serrure se fit entendre dans l'entrée. C'était Patrick qui rentrait. Elle ne savait pas encore comment elle allait réagir, elle ne s'était pas préparée...

3 - Le retour

Patrick posa ses sacs de voyage, étonné par le silence de Babeth, qui se tenait face à l'évier et n'avait pas bougé. Pourquoi ne se retournait-elle pas pour l'accueillir ? Il vint jusqu'à elle pour la serrer dans ses bras.

– Ça fait du bien de rentrer chez soi...

– Profites-en, ça ne va pas durer, répondit-elle en se dégageant brutalement.

– Babeth, qu'est-ce qu'il y a ?

Il osait le lui demander ? Sa voix, ses mains, elle ne les supportait plus. C'était épidermique. Au lieu de lui répondre, elle fit quelques pas jusqu'à la console qui leur servait de bureau, sortit la lettre anonyme du tiroir et la lui tendit sans un mot.

Patrick prit la lettre, la lut et blêmit.

– Qui t'a donné ça ?

– C'est vrai ou c'est pas vrai ?

Patrick hésita un instant. Il ne pouvait plus se dérober et, de toute façon, le mensonge lui pesait.

– C'est vrai.

– OK, se contenta de dire froidement Babeth.

Ce mot tombait comme un couperet sur la tête de Patrick.

– Laisse-moi t'expliquer, la supplia-t-il doucement.

– Non, c'est bon. J'imagine très bien. Tu l'as sautée, elle a aimé ça, toi aussi. Dis-moi, elle fait des trucs que je ne fais pas, la dépressive ?

– Ça ne s'est produit qu'une fois.

– Je m'en fous. C'est pareil.

Patrick aurait voulu la convaincre que, pour lui, cette aventure était un accident, que Camille n'était rien pour lui, mais comment trouver les mots pour le lui dire ?

– Je n'étais pas dans mon état normal. J'ai merdé… Excuse-moi…

Babeth continuait à le regarder avec ses yeux impitoyables. Ces mots glissaient sur elle sans la toucher, ils sonnaient vide. Elle trouvait mesquine la façon qu'il avait de se défausser.

– Babeth, je t'en supplie, murmura-t-il en tentant de la prendre dans ses bras.

– Tu prends tes affaires et tu dégages d'ici, répondit-elle en le repoussant brusquement.

– S'il te plaît, ne me demande pas ça !

– Tu avais besoin d'être un peu seul pour réfléchir sur ta vie ? Eh bien, tu vas pouvoir continuer d'en profiter.

Patrick était désemparé. Sa vie s'écroulait.

– Laisse-moi une chance de réparer…

– Ce n'est pas mon genre, et tu le savais.

– Qu'est-ce que tu vas dire aux enfants ?

– Je trouverai. Tout ce que je veux, c'est que tu disparaisses. Maintenant.

Patrick la regarda, hagard, sonné. Il prit son sac et sortit sans un mot, accablé par cet ordre implacable. Vlan ! Babeth ferma violemment la porte derrière lui. Une fois seule, elle baissa enfin sa garde. La colère tomba, laissant place à un grand abattement. Qu'avait-elle fait ? Était-il possible que cette scène, qui n'avait duré que cinq minutes, mette fin à leur histoire ? Elle n'avait pas envie de se réconcilier, c'était bien le plus terrifiant. Elle ne se sentait pas la force de pardonner. Les quinze années qu'elle avait passées aux côtés de Patrick ne semblaient pas peser plus lourd qu'une feuille de papier... Qu'était-ce donc que l'amour, en fin de compte ? La vie était instable et trompeuse. Comme le dit la chanson, on est toujours tout seul au monde. Elle eut soudain une envie furieuse de se saouler pour ensuite sombrer dans le sommeil, mais Valentin et Léa allaient bientôt arriver avec les courses, heureux à l'idée de fêter le retour de Patrick.

***

Quand ils découvrirent leur mère en train de fumer silencieusement dans le canapé, ce qui était contraire au règlement familial, les enfants comprirent qu'il s'était passé quelque chose.

– Votre père ne dîne pas avec nous, finalement, dit-elle d'une voix sourde qu'ils ne lui connaissaient pas.

– Il reste encore quelques jours chez les Balester ? demanda Valentin, avec le désir d'entendre une explication rassurante.

– Non, il a quitté le mas.

– Alors il est où ? s'inquiéta le jeune homme.

– Je ne sais pas.

Léa et Valentin se regardèrent. Leur mère était vraiment bizarre. Elle semblait ailleurs, comme si elle ne se souciait plus de Patrick.

– Oh ! Qu'est-ce qui se passe, là ? Vous vous êtes engueulés ? demanda Léa avec autorité.

– Votre père et moi, nous avons des soucis.

– Vous allez divorcer, c'est ça ? demanda Valentin, la gorge nouée.

Babeth hésita à mentir, mais elle n'en avait plus la force ni le désir. Ils avaient le droit de savoir.

– Pour l'instant, nous sommes séparés. Pour le reste, je ne sais pas encore…

Les jeunes gens furent atterrés par cette réponse. Valentin, surtout, réagit mal. Le divorce, à ses yeux, avait toujours représenté ce qui pouvait arriver de pire. Sa sœur était plus mûre, plus compréhensive aussi. Et puis elle avait déjà vécu un divorce : elle savait que, même séparés, les parents restaient toujours des parents. Ainsi, elle aimait Patrick, qui l'avait élevée comme un père, en prenant en compte que Jean-François était son père biologique.

Valentin voulait en savoir plus sur les circonstances de la rupture, mais Babeth demeurait évasive. Léa ordonna à son frère de laisser leur mère tranquille. Dans leur chambre, elle lui expliqua que c'était un problème de couple : il valait mieux ne pas s'en mêler afin de ne pas envenimer le débat. Le garçon promit, de mauvaise grâce, de ne plus harceler leur mère. Mais la vérité allait bientôt lui être révélée par le truchement de sa petite amie.

Les choses devenaient sérieuses entre Valentin et Cristal. Leur flirt durait depuis maintenant deux semaines, mais, bien sûr, ils ignoraient tout de la relation adultère de leurs parents. Au moment de quitter le mas, Patrick et Balester, malgré leurs dissensions, s'étaient froidement mis d'accord pour ne pas impliquer les enfants.

– Vous n'êtes pas quelqu'un de bien, monsieur Nebout. Je ne veux pas que vous remettiez les pieds ici ni que vous cherchiez à revoir Camille. Nous ne dirons pas à Cristal ce qui s'est passé. Et je suppose que vous n'en parlerez pas à votre fils.

Patrick avait gardé son sang-froid devant le ton de *pater familias* outragé d'Alexandre Balester. Il avait approuvé : rien ne transpirerait de son aventure avec sa fille, leurs enfants ne sauraient rien. Il ne put s'empêcher de penser que cet homme, sous ses airs de respectabilité, avait peut-être caché, de la même façon, la vérité durant plus de trente ans. Ce mas ressemblait à un nid de vipères dont les secrets empoisonnaient les habitants.

Ce fut donc en toute innocence que Valentin et Cristal, sur le chemin du lycée, se racontèrent les problèmes qui frappaient leurs familles respectives. Léa était présente également. Valentin raconta la séparation brutale de ses parents, Cristal la tentative de suicide de sa mère.

– C'est pas comme si c'était la première fois, résuma la jeune fille avec résignation. Qu'est-ce qui s'est passé, pour vos parents ? C'est parce que ça n'allait pas entre eux que ton père avait pris une chambre chez nous ?

– Évidemment ! Je le savais depuis le début que ça finirait comme ça !

– Sauf que tu ne savais rien, et tu ne sais toujours rien, rectifia sa sœur. Maman a dit qu'il s'était passé un truc.

– Une autre femme ? avança Cristal.

– Je ne peux pas y croire, papa ne ferait jamais ça !

– Ça arrive, répondit Cristal avec philosophie.

Contrairement à Valentin, Cristal, plus mûre et moins naïve, n'avait pas peur d'envisager les côtés les plus prosaïques et décevants de la vie. Léa abonda dans son sens.

– Une fois, j'ai entendu maman et Patrick se disputer à propos de sa commissaire. Maman disait qu'elle le draguait.

– C'est peut-être elle, alors, conclut Cristal.

– Il n'a pas intérêt à nous la ramener, répliqua Valentin, parce que je vais lui pourrir la vie, à cette connasse !

Les deux filles se regardèrent, interloquées par sa réaction. Léa haussa les épaules.

– Oh ! Calme-toi Valentin, on ne sait même pas si c'est elle.

– Elle ou une autre, ça sera pareil. Je vais la faire chier jusqu'à ce qu'elle se barre.

Valentin resta renfrogné et malheureux tout le reste du trajet, tandis que Cristal semblait perdue dans ses pensées. Elle réfléchissait à l'étrange coïncidence entre le comportement hystérique de sa mère ces derniers temps et cette inconnue qui avait provoqué la rupture au sein du couple des parents de Valentin. De retour chez elle, elle interrogea si bien sa mère que Camille finit par tout avouer à sa fille si clairvoyante.

– Que vas-tu penser de moi ? gémit Camille.

– Rien, je ne te juge pas. C'est ton bonheur qui compte, maman. Je t'ai demandé ça juste pour comprendre ce qui t'arrive, c'est tout.

Touchée par la gentillesse de sa fille, Camille la prit dans ses bras, et elles restèrent longtemps blotties l'une contre l'autre, émues.

Cristal n'avait pas hérité de sa famille le goût de la dissimulation, elle ne mentait jamais. Elle décida sans hésiter de parler de sa découverte à Valentin. Ce dernier réagit avec moins de recul.

– Mais putain, comment ils ont pu faire ça ? C'est dégueulasse !

– Ils l'ont fait, répondit-elle sans broncher. On n'a pas à les juger.

– Tu fais ce que tu veux. Moi, je ne resterai pas planté là sans rien dire !

– Ça servira à quoi ?

– Tu ne te rends pas compte ou quoi ? C'est juste la merde totale et toi tu restes là, tranquille, « c'est comme ça, faut pas les juger » !

– On a 17 ans, on ne sait rien de la vie.

– Moi, je sais que j'avais des parents et une famille. Et que tout vient d'exploser !

Valentin, sur sa lancée, déboula au commissariat après le lycée. Il n'y avait plus grand monde, juste les effectifs de nuit. Patrick était seul à son bureau, il travaillait, l'air tendu et fatigué. Depuis le matin, il s'était mis en pilotage automatique.

– Qu'est-ce que tu fais là, bonhomme ? demanda-t-il en souriant tristement.

– C'est vrai que tu as couché avec la mère de Cristal ? attaqua Valentin en le regardant droit dans les yeux.

– Oui, avoua Patrick.

Valentin sentit un trop-plein de colère lui monter à la tête.

– C'est dégueulasse, murmura-t-il en serrant les dents.

– Ce sont des histoires d'adultes, ça ne te regarde pas.

– Arrêtez de me dire ça ! Je ne suis pas un enfant ! hurla Valentin en faisant valser la pile de dossiers sur le bureau.

Sa rage était sortie avec une violence que Patrick ne connaissait pas à son fils.

– Alors, disons que ce ne sont pas tes affaires, essaya de tempérer Patrick.

– Ah ouais ? s'écria Valentin au bord des larmes. Et si on n'habite plus ensemble, ce n'est pas mes affaires ? Si on doit déménager et venir chez toi un week-end sur deux, te voir embrasser l'autre, ça ne me concerne pas ?

– D'abord, il n'est pas question de ça. J'ai fait une erreur, je n'ai pas du tout l'intention de continuer avec la mère de Cristal.

– Tu as pensé que c'était la mère de ma copine ? Tu t'es demandé ce qu'on allait vivre tous les deux ?

– Non. J'allais mal, j'ai perdu pied et je le regrette à un point que tu n'imagines pas. C'est tout ce que je peux dire.

– C'est juste… nul ! T'es nul !

Patrick reçut droit au cœur le mépris de son fils et réagit au quart de tour.

– Je comprends que tu sois en colère mais tu n'as pas à m'insulter !

– Je vais me gêner ! T'es qu'un sale connard ! lança-t-il avant de sortir du bureau.

***

Cette dispute avait anéanti Patrick. Il était au bout du rouleau et il se demandait, après une journée comme celle-ci, comment il trouverait la force de rentrer au Select, où il avait pris une chambre. « Vraiment, quelle journée de merde ! », murmura-t-il pour lui-même en serrant les dents. À la mi-journée, déjà, il avait pris de plein fouet la colère froide de Babeth. Il était allé l'intercepter dans la cour de l'hôpital à l'heure de sa pause-déjeuner. En le voyant, elle l'avait évité et avait pressé le pas. Il l'avait attrapée doucement par le bras.

– Lâche-moi, avait ordonné Babeth comme s'il était un délinquant sexuel.

– Il faut que je te parle. J'ai couché avec cette femme, c'est vrai, et je comprends ta colère. Mais je n'éprouve rien pour elle. J'ai fait ça comme un automate, sans désir…

Pendant qu'il parlait, Babeth l'avait regardé, impassible.

– C'est bon, tu as fini, je peux y aller ? avait-elle dit en regardant sa montre.

– Babeth, je t'en prie… Ce n'est pas parce que j'avais envie d'aller voir ailleurs, je te le jure. Encore moins parce que je suis lassé de toi. Je ne sais pas pourquoi j'ai été attiré par cette femme. C'était… presque malgré moi, tu comprends ? Il faut me croire !

Il s'était tu et avait guetté sa réaction. Mais elle n'avait pas bougé, elle était toujours aussi impassible, comme insensible. Patrick prit peur. Jusqu'à maintenant, leur couple, c'était l'orage et la passion. Pour un oui ou pour un non, ils pouvaient s'insulter comme des poissonniers, proférer les pires injures et éclater d'un fou rire l'heure d'après. Leurs disputes étaient si violentes que les enfants, lorsqu'ils sentaient venir l'orage, prenaient la poudre d'escampette pour aller dormir chez l'un de leurs amis. Mais ils s'étaient toujours réconciliés. Sur le lit, le canapé, en pleine nature, peu importe, leur désir était alors incontrôlable. C'était leur fonctionnement, et leur amour traversait les années.

C'est pourquoi le silence de Babeth avait glacé Patrick jusqu'au fond du cœur. On aurait dit qu'elle ne ressentait plus rien, qu'elle n'avait même plus envie de l'atteindre.

–S'il te plaît... Hurle-moi dessus, traite-moi de salaud, mais dis-moi quelque chose !

Pour toute réponse, elle avait jeté un nouveau regard à sa montre.

–Il faut que j'y aille, je vais être en retard.

Puis elle était passée à côté de lui et s'était dirigée vers l'hôpital.

–Babeth... avait-il crié avec un accent de rage.

Elle ne s'était pas retournée.

Cet échange glacial avait affecté Patrick tout le reste de la journée, et maintenant Valentin, avec sa haine juvénile, lui portait le coup de grâce. Sa femme, son fils, il avait l'impression d'avoir tout perdu quand il entra au Select. Il regrettait amèrement de s'être lancé sur les traces des meurtriers de sa mère. À quoi bon vouloir réparer le passé si c'était pour détruire son bonheur présent ? Il avait eu tout faux.

Absorbé par ses pensées, il prit ses clés machinalement au comptoir de l'hôtel et ne vit pas Frémont, assis dans un fauteuil de l'accueil, qui l'observait.

–Ça ne s'arrange pas, avec votre femme ?

–Si ça s'arrangeait, je ne serais pas ici, marmonna Patrick, peu enclin à discuter.

–Je suis désolé. Vous allez continuer l'enquête sur la mort de votre mère ?

–Non. Le passé ne m'intéresse plus.

–Vous faites une erreur.

–Je me fiche de ce qui est arrivé à ma mère. Je veux convaincre ma femme de me donner une seconde chance.

– En lui disant quoi ?

– Que je n'aime qu'elle. Que je ne peux pas vivre sans elle, sans les enfants.

– Et vous lui jurerez de ne plus jamais la tromper.

– Oui.

– Alors vous ferez une promesse que vous ne pourrez pas tenir. Il faut trouver les causes profondes. C'est par désir que vous avez eu cette liaison ? Par amour ? Par pulsion sexuelle ?

– Non.

– Pourtant, parmi tout ce qui compte pour vous, Babeth, votre famille, rien n'a pu vous empêcher de coucher avec cette femme. Comment expliquez-vous cela ?

– Je ne sais pas… Je n'étais pas dans mon état normal.

– Vous n'avez pas dragué n'importe quelle fille dans une boîte de nuit, vous êtes allé avec Camille Balester. Vous pensez vraiment que c'est un hasard ? Continuez votre enquête, trouvez des réponses et vous aurez des explications convaincantes à donner à votre femme. Tout le reste, les promesses, les déclarations, ce n'est que du vent.

Ce que disait Frémont n'était pas dénué de bon sens. Patrick comprit qu'il ne pouvait pas s'épargner d'aller jusqu'au bout de son enquête. Lorsqu'il saurait la vérité sur le meurtre de sa mère, il pourrait expliquer son propre dérèglement. Il sortit le petit coureur cycliste en plastique qu'on avait retrouvé sur lui quand il était enfant et l'examina longuement, attendant que lui vienne un plan pour faire parler les Balester.

Pendant que Patrick réfléchissait, Babeth, avachie dans le canapé de leur appartement, n'arrivait plus à donner le change. Valentin souffrait de voir sa mère dans cet état d'abattement.

– Dans le genre dégueulasse, résuma-t-il, c'est difficile de faire pire que ce qu'il a fait.

– Ne parle pas de ton père comme ça. Ce qui se passe entre nous ne te concerne pas. Quoi qu'il ait fait, il reste ton père et il t'aime. Ça, ça n'a pas changé.

– On était une famille, et à cause de lui tu vas te retrouver toute seule !

– Ça, c'est mon problème. Et ça ne me fait pas peur.

Valentin vint s'asseoir à côté de sa mère et posa affectueusement sa tête contre son épaule.

– Maman, avoue que ça te fait peur. Tu ne veux pas le dire, c'est tout.

– OK. J'avoue. Ça me fait un peu peur. Mais je sais que je peux m'en sortir. Et je sais aussi que vous serez là.

– J'aimerais tellement pouvoir t'aider.

– Ce qui m'aiderait, têtard, c'est que tu me laisses gérer cette situation sans t'en mêler. D'accord ?

Valentin acquiesça mollement et partit se coucher. Babeth alluma une cigarette et se perdit dans ses pensées. Elle se demandait comment elle ferait pour « gérer cette situation », justement. À cet instant, elle avait l'impression que rien ne pourrait jamais enlever la boule qu'elle avait dans la gorge quand elle pensait à Patrick et Camille. Une idée fixe l'animait : faire payer Patrick, lui faire autant de mal qu'il lui en avait fait. Elle ne voyait qu'une issue : le divorce.

***

La trahison de Patrick ne passait pas mieux chez Valentin, profondément angoissé par la perspective d'une séparation de ses parents. Assis près de la table de ping-pong, dans le jardin du mas, Cristal et lui discutaient, peu enclins à disputer une de ces parties passionnées qu'ils avaient pris l'habitude de faire. Valentin venait de raconter à sa copine comment il avait insulté son père.

– Si j'avais su que tu réagirais comme ça, je ne t'aurais rien dit, protesta Cristal.

– Comment tu voulais que je réagisse ?

– De façon un peu moins puérile, répondit-elle sur un ton légèrement agacé.

– Au contraire, j'ai parlé à mon père d'homme à homme. Je lui ai dit qu'il m'avait fait du mal, et il a vu que je ne me laissais pas faire.

– Super ! Un vrai héros de film américain !

– Mais attends, tu voudrais que je fasse quoi ? Que je regarde mes parents divorcer en restant cool ? Mon père a trompé ma mère, tu voudrais que je laisse passer ?

– Il a fait une erreur, et apparemment il regrette. Tu crois que tu n'en feras jamais ? Le jour où ça arrivera, tu préférerais que les gens te traitent de connard ou qu'ils essayent de comprendre ?

Cette différence de points de vue ne fit que s'accentuer les jours suivants, jusqu'à provoquer la rupture entre les deux adolescents. Tout se précipita après une dispute entre Léa et son frère, à laquelle Cristal assista sur le chemin du lycée. Une fois de plus, Valentin ne put s'empêcher de déverser sa haine contre son père.

– Il s'est comporté comme un salopard, il n'y a rien à ajouter.

– Je ne veux pas que tu dises que Patrick est une merde, objecta Léa.

– Tu le défends ? Après ce qu'il a fait ?

– J'essaye juste de nuancer les choses ! Tout n'est pas tout blanc ou tout noir !

– Mais il a trompé maman !

– Ce ne sont pas tes affaires, quand est-ce que tu le comprendras ?

– D'abord, qu'est-ce que tu en as à foutre ? répondit Valentin. C'est même pas ton père !

Léa étant très attachée à Patrick, la phrase de Valentin la blessa. Elle tourna les talons et s'éloigna. Cristal reprocha son attitude à Valentin, mais il ne voulut pas reconnaître qu'il avait été injuste avec sa sœur. La discussion tourna au vinaigre, Valentin accusant Cristal de défendre sa sœur et de jouer comme elle à l'intello de service ouverte d'esprit. Il en avait plus que marre de leurs critiques. Depuis le début, affirmait-il, elles étaient liguées contre lui.

Il est vrai que Léa et Cristal s'entendaient bien, trop peut-être au goût de Léa, qui se posait beaucoup de questions sur sa sexualité. Pourquoi Cristal la troublait-elle ainsi ? Pourquoi aimait-elle entendre sa voix, effleurer par hasard son bras, son épaule ?

Cristal rompit officiellement avec Valentin le lendemain de leur dispute. Le malheur des uns fait le bonheur des autres… Qui aurait imaginé qu'une très belle histoire d'amour entre Cristal et Léa naîtrait de cette rupture, et en plein milieu de ce drame familial ?

***

Léa étudie maintenant dans un pensionnat à Genève. J'ai profité d'un week-end où Johanna pouvait garder Noé pour lui rendre visite, afin qu'elle me raconte son histoire avec ses mots. Je suis arrivée un samedi matin par le train et nous avons déjeuné ensemble. Avec beaucoup de pudeur, elle m'a raconté comment elle avait traversé une crise d'identité durant l'été ayant précédé notre histoire.

– Tout a commencé quand Jonas, mon meilleur ami, m'a avoué qu'il éprouvait plus que de l'amitié pour moi. Je me suis laissé embrasser. Je n'ai rien ressenti, mais j'ai pris sur moi et j'ai accepté de faire l'amour avec lui. Ça s'est très mal passé, je me forçais à faire quelque chose dont je n'avais pas envie. Jonas n'était pas en cause, il a été très délicat. Il m'a demandé s'il y avait un problème. Je lui ai avoué que je ne le désirais pas et, bien sûr, il l'a pris pour lui. J'étais super mal.

Après s'être évités plusieurs jours, les deux amis avaient quand même fini par s'expliquer. Léa confia à Jonas qu'il ne s'agissait pas de lui en particulier, mais de tous les garçons en général. Sur le moment, elle se persuada même qu'elle était asexuelle, c'est-à-dire incapable d'éprouver du désir. Elle ne ferait jamais l'amour, personne ne l'y obligerait, même si elle devait passer aux yeux de la société pour une fille anormale et coincée. Il y a un siècle, elle serait devenue religieuse et on n'en aurait plus parlé, mais, dans une société où le sexe est devenu la clé de l'épanouissement personnel, elle était « mal barrée », comme elle dit.

Léa s'était trompée : elle pouvait tomber amoureuse et éprouver du désir. Quand Valentin lui avait présenté sa petite amie, elle l'avait trouvée différente des autres. Cristal était menue, fine et gracieuse. Son physique reflétait toute la délicatesse de son esprit. Elle ne disait pas de gros mots, ne critiquait jamais personne. Chaque mot dans sa bouche était réfléchi, mûri, pour ne pas risquer de heurter la susceptibilité de l'autre. Toutefois, elle savait être ferme quand elle défendait quelque chose qui lui semblait juste. Elle était douce mais ne cédait sur aucun principe. Sa bouche un peu boudeuse gardait en permanence un pli ironique, comme si elle en savait plus sur la vie que les autres jeunes de son âge.

C'est cette maturité qui avait rapidement rapproché les deux filles. À la demande de Valentin, qui voyait que Cristal appréciait la compagnie de sa sœur, Léa les accompagnait au musée ou au cinéma. Le garçon trouvait dans sa sœur une caution culturelle qu'il n'était pas capable de donner à Cristal, tant elle était cultivée pour son âge. Les deux filles aimaient les mêmes tableaux d'Andy Warhol, traînaient Valentin voir des films d'auteur suédois sous-titrés. Elles l'excluaient sans s'en rendre compte et, quand il ne comprenait rien ou s'endormait sous l'effet de l'ennui, elles se moquaient de lui.

Léa sentit très vite qu'il ne s'agissait pas seulement d'une complicité ordinaire entre deux amies. Elle se sentait troublée physiquement par Cristal. Quand l'adolescente la frôlait accidentellement ou laissait échapper un geste amical, Léa tremblait intérieurement. Affolée par son désir pour une fille qui n'était autre que la petite amie de son frère, elle voulut prendre ses distances avec le couple. Elle restait des journées entières à la maison sans rien faire. Un jour, alors qu'elle s'était installée à la terrasse du bar du Mistral, les yeux dans le vague, Thomas la questionna sur son air déprimé. Mais la jeune fille éluda en lui disant que ses problèmes étaient trop intimes pour qu'elle puisse en parler. En la réinterrogeant quelques jours plus tard, le serveur comprit, sans qu'elle le formule, qu'elle se posait des questions sur sa sexualité. « Je suis là, si tu veux m'en parler », lui avait-il dit. Mais Léa n'assumait pas encore son désir.

De son côté, Cristal se demandait pourquoi Léa refusait de sortir avec elle et Valentin. Elle insista si bien que Léa fut obligée d'accepter de voir un film avec eux si elle ne voulait pas attirer les soupçons. Il s'agissait de *Persona*, d'Ingmar Bergman, qui aborde le sujet de l'homosexualité féminine à travers le parcours d'une infirmière et de sa patiente. Valentin décréta que le film était soporifique, tandis que les deux filles, très touchées, se firent part de leur émotion en se regardant droit dans les yeux.

Était-il possible que Cristal ressente le même trouble ? Léa était mortifiée à l'idée d'être seule à éprouver cette attirance. Cristal aimait Valentin, sinon pourquoi sortait-elle avec lui ? Torturée par son amour, la jeune fille aurait certainement continué à fuir Cristal si celle-ci n'avait pas fini par quitter Valentin après la dispute que j'ai évoquée plus haut.

Le garçon était au fond du trou, Cristal lui manquait. Il reconnut devant sa sœur qu'il avait réagi de façon immature à la crise de leurs parents et la supplia d'aller plaider sa cause auprès de son amie. Léa ne put refuser. Cristal expliqua alors à Léa qu'elle pensait n'être plus amoureuse de Valentin.

– Petit à petit, je me suis rendu compte qu'on n'avait pas grand-chose en commun. Il t'aurait ressemblé un peu plus, je suis sûre que ça aurait marché. Toi et moi, on a les mêmes goûts, on peut parler de plein de choses. D'ailleurs, j'avoue que souvent, quand on était ensemble, je me sentais plus proche de toi que de lui.

– C'est vrai ? demanda Léa, déstabilisée.

– Oui. D'ailleurs, à la fin, je crois que je restais avec lui juste pour pouvoir te voir.

Léa était de plus en plus troublée, mais Cristal ne semblait pas remarquer sa gêne.

– Et avec toi, au moins, on peut aller au musée sans que tu râles, poursuivit-elle sur le ton de la plaisanterie. D'ailleurs, j'avais envie de voir une expo demain, ça te dirait de venir avec moi ?

– Je ne sais pas, répondit Léa. Ça me gêne par rapport à Valentin. Il risque de mal le prendre s'il voit que je traîne avec toi. Peut-être qu'on devrait attendre un peu. Quelques jours…

Cristal haussa les épaules d'un air déçu.

– Comme tu veux. Mais pas trop longtemps quand même. Tu me manquerais…

Léa n'osait croire ce que Cristal lui avait laissé entendre. Et si elle éprouvait les mêmes sentiments qu'elle ? Son cœur se mit à battre très fort sous l'effet de l'émotion, et une vague de chaleur empourpra son visage quand elle y repensa, seule dans la rue. Léa se sentit encore plus mal à l'aise d'avoir accepté ce rôle d'entremetteuse alors qu'elle était peut-être la rivale de son frère dans le cœur de Cristal. Leur trio ressemblait à une tragédie grecque. Elle était d'ailleurs prête à sacrifier son histoire plutôt que de trahir son frère.

Valentin accueillit l'échec de la tentative de sa sœur avec une vive déception. Quand elle lui avoua, pour le consoler, qu'elle pensait qu'ils étaient mal assortis et que leur histoire, de toute façon, n'aurait pas duré, il lui reprocha d'avoir mal plaidé sa cause auprès de Cristal.

– En fait, tu n'as même pas essayé de me défendre. C'est ta super copine, alors tu t'es mis direct de son côté !

– C'est injuste de dire ça ! Je lui ai même dit que je ne voulais plus qu'on se voie, pour éviter de te saper le moral.

– Je m'en fous, si tu as envie de la voir, vas-y ! Vous allez super bien ensemble toutes les deux parce que vous êtes deux belles salopes.

Face au peu de reconnaissance de son frère, Léa estima qu'il ne méritait pas son sacrifice et décida de rappeler Cristal pour la voir. Elles passèrent de très bons moments ensemble sur la plage ou dans les galeries de peinture. Elles piquèrent un fou rire incontrôlable après une course-poursuite avec un gardien du parc Borely. Même si elles se voyaient en cachette de Valentin, elles n'avaient pas un comportement différent de celui de deux très bonnes copines. Mais Léa, malgré tout, sentait grandir son amour.

***

Cette idylle peut sembler légère comparée à l'enquête de Patrick, mais les amours passées et les amours présentes, dans cette histoire, vont s'entremêler, vous saurez bientôt comment. En attendant, allons retrouver Patrick, que nous avons laissé plus résolu que jamais à éclaircir le mystère de ses origines, afin de pouvoir expliquer à Babeth les raisons de sa trahison.

Pour faire surgir la vérité, Patrick avait décidé de jouer cartes sur table, quitte à prendre des risques. Il donna rendez-vous à Camille dans un restaurant discret loin du centre-ville. Elle sortit de chez elle en prenant bien soin de ne pas dire qu'elle allait le retrouver, comme il le lui avait demandé. Il lui tendit la lettre anonyme que Babeth avait reçue. Camille jura qu'elle n'en était pas l'auteur.

– C'est immonde ! s'indigna-t-elle, qui a pu faire une chose pareille ?

– Très peu de personnes étaient au courant. À vrai dire, je soupçonne ta famille.

– Ce n'est pas leur genre d'agir ainsi.

– Sauf s'ils voulaient me faire quitter le mas au plus vite.

– Pourquoi auraient-ils fait ça ?

Patrick lui tendit la photo d'Emmanuelle. Elle la regarda et reconnut en elle la femme sur les tableaux de la cave, tout en affirmant ne l'avoir jamais vue ailleurs.

– Cette femme, c'est ma mère. Elle a été assassinée quand j'avais quatre ans. Ça s'est passé dans votre maison. C'est pour ça que je suis venu habiter chez vous. J'essaye de savoir ce qui s'est passé.

Camille regarda Patrick, abasourdie par cette révélation.

– Tu as des preuves ?

– Non. Je sais qu'elle est morte, on a retrouvé son corps. Je sais qu'on lui a tiré dessus. Et je fais un cauchemar récurrent. Je me vois enfant chez vous, dans le couloir du premier étage, mes vêtements sont tachés de sang, j'avance sans savoir où je vais…

À ces mots, Camille tressaillit. Son regard se perdit dans le vide.

– C'était donc toi, le petit garçon…

– Tu m'as vu, ce soir-là ?

– Je ne sais pas… répondit-elle en hésitant, comme si elle avait peur.

– Je t'en supplie, Camille, c'est très important pour moi ! Fais un effort, j'ai besoin de savoir.

Mais Camille, visiblement bouleversée, se leva en tremblant, bégaya une vague excuse et prit quasiment la fuite.

Dissimulé à quelques mètres, Gilles, qui avait suivi sa nièce, n'avait rien perdu de la scène. Il en référa à Alexandre et à Mathilde. Quelques heures après, la commissaire Douala vit débarquer le couple de parents indignés, qui lui demandèrent d'empêcher le capitaine Nebout de harceler leur fille, fragile psychologiquement, et de lui interdire de la revoir.

Sara Douala n'aimait pas qu'on lui dicte sa conduite, encore moins vis-à-vis de ses hommes. Elle leur expliqua sèchement qu'elle n'exerçait aucun pouvoir sur la vie privée de ses subordonnés. En revanche, la femme fière et jalouse qui sommeillait en elle se fit bien comprendre de Patrick :

– Un conseil, capitaine : ne vous approchez plus de Camille Balester.

– Vous convoquez dans ce bureau tous les hommes qui ont une aventure extraconjugale ? En quoi ça concerne mon boulot ?

– Vous n'êtes pas concentré, vous quittez votre travail sans prévenir, je ne peux pas compter sur vous… Alors, obéissez. Sinon il y aura des retombées sur votre carrière, faites-moi confiance.

Même si Douala était sur les dents, Patrick se réjouit intérieurement. Que les Balester fussent contraints d'user d'un tel procédé prouvait qu'ils avaient quelque chose à cacher.

Comme Patrick l'avait espéré, Camille reprit très vite contact avec lui. Après tout, elle aussi devait éclaircir ce qui s'était passé cette nuit-là si elle voulait aller mieux un jour. La terreur qui l'avait happée, enfant, pour ne jamais lui laisser de repos avait peut-être son origine dans ce drame. Elle avait toujours pensé que ses parents lui avaient caché un traumatisme, mais ils lui avaient invariablement répondu qu'ils n'en voyaient aucun. Et si elle avait toujours su, intuitivement, qu'un meurtre avait été perpétré dans la maison familiale ? Qu'elle était la fille d'assassins, comme les filles bien soignées de l'ogre dans *Le Petit Poucet* ? Elle avait eu le temps d'assimiler la terrible révélation de la veille et, lorsqu'elle retrouva Patrick au même endroit, c'est avec calme qu'elle lui raconta.

– Je t'ai vu au mas le soir de la mort de ta mère. J'ai longtemps cru que ce moment n'avait pas existé. C'était un souvenir tellement étrange : un petit garçon qui pleurait, avec du sang sur ses vêtements. Je me disais que c'était un rêve.

– Tu peux me dire exactement tout ce dont tu te souviens ?

– Je jouais dans ma chambre, tout était calme... et puis j'ai entendu pleurer. Alors je suis sortie dans le couloir. Il n'y avait personne. J'ai cherché d'où venaient les pleurs et je t'ai trouvé caché derrière des rideaux. Je me souviens de t'avoir donné des bonbons que j'avais dans ma poche.

– Il n'y avait que toi et moi ? Pas d'adulte ?

– Non. J'ai l'impression que la maison était vide, mais ce n'est pas possible, parce qu'on ne m'aurait pas laissée toute seule. Tu m'as dit que tu avais peur et qu'on avait pris ta maman. Alors j'ai nettoyé ta figure. J'avais l'impression d'être une grande sœur... Ensuite, je t'ai aidé à sortir de la maison. Je te tenais par la main, je t'ai emmené jusqu'à la rue. Je t'ai dit de rentrer chez toi, et tu es parti. Ensuite, je suis retournée sagement dans ma chambre. Je n'en ai parlé à personne, j'avais peur de me faire gronder.

– Je ne me rappelle rien de ce que tu me dis, mais tu m'as déjà aidé il y a quarante ans. Tu m'as peut-être sauvé la vie. Tu en as conscience ?

– C'est probablement pour ça qu'on se sent si proches l'un de l'autre.

Ils se sourirent tendrement, unis par cette même nuit et par cette rencontre capitale qui avait façonné leur vie.

– Je ne sais pas ce qu'on trouvera, mais je sais que je dois faire disparaître ces zones d'ombre si je veux aller mieux un jour, conclut Camille avec courage.

La piste de Camille s'arrêtait là. Elle n'en savait désormais pas plus que Patrick. Comment ferait-il pour débusquer le tueur ? Était-ce Alexandre, Gilles, Mathilde ? Gilles Jolivet était le premier suspect. N'avait-il pas avoué avoir crevé les yeux d'Emmanuelle sur la toile, de rage ?

Renseignements pris, Patrick sut que celui-ci jouait dans un cercle privé, où il engloutissait beaucoup d'argent aux tables de poker. Frémont interrogea habilement le patron de la salle, qui lui apprit que Jolivet perdait régulièrement des sommes de 5 000 euros. Où l'intendant d'une maison d'hôtes trouvait-il autant d'argent ? Si Patrick découvrait une malversation, il serait en mesure d'exercer un chantage sur lui et de le faire parler. Mais, pour savoir d'où Gilles tenait l'argent, il fallait qu'il perde beaucoup dans une soirée. Or, la prochaine n'avait lieu que le mois suivant, et Patrick ne voulait pas attendre. Frémont lui proposa alors d'organiser une partie exceptionnelle à laquelle Gilles serait convié. Il ne fut pas difficile de convaincre le patron, d'abord réticent : la carte de police de Patrick fut le meilleur argument. Il accepta de programmer une soirée en début de semaine suivante.

Patrick était tellement occupé à mettre en place un piège pour coincer Gilles qu'il ne perçut pas à sa juste mesure la colère de Babeth.

***

Babeth hésita longuement avant de pousser la porte du cabinet de Maître Céline Frémont, l'avocate que Gabriel Riva lui avait recommandée. La veille, elle avait accepté de se changer les idées en compagnie de Gabriel et de Thomas. Le docteur Riva, avec qui elle s'était liée d'amitié pendant la grande grève de l'hôpital, se targuait d'être le champion des cocktails, et elle avait passé la soirée à départager ses créations de celles de Thomas, attribuant les meilleures notes aux boissons les plus alcoolisées. C'est donc ivre qu'elle avait pris sa décision : elle voulait divorcer. Depuis une semaine, elle envisageait une séparation officielle comme le seul remède capable d'apaiser la haine qu'elle ressentait envers Patrick. Une amputation : voilà ce qu'il lui fallait.

Céline Frémont la dissuada de prendre une telle décision sous le coup de la colère.

– Vous avez pensé aux conséquences ? Pour vous, vos enfants...

– C'était à lui d'y penser. C'est lui qui s'est comporté comme un con. Alors maintenant, qu'il assume !

– Je serais vous, j'essaierais d'abord de digérer un peu tout ça...

– Je ne veux pas digérer. Ce que je veux, c'est qu'il en bave. Qu'il reçoive cette lettre, qu'il voie marqué « divorce » et qu'il se prenne une grosse claque. Préparez-moi ces papiers que je les signe.

Peu après, quand Jean-François passa voir Babeth pour régler, comme tous les mois, la pension alimentaire des jumelles, il aperçut les papiers du divorce qui traînaient sur la table du salon. Il s'assombrit soudain.

– Tu ne trouves pas que c'est disproportionné ?

– Ce n'est pas ton problème.

– Si, un peu. Si vous divorcez, c'est les filles qui paieront les pots cassés.

– C'est la faute de Patrick, pas la mienne. Et puis qu'est-ce que ça peut te faire, de toute façon ? À une époque, quand tu voulais me reconquérir, ça ne t'aurait pas dérangé que je divorce !

– Maintenant, c'est différent. Je trouve que vous faites un super couple.

– On faisait. C'est fini.

– Moi, je suis sûr que non. Et à mon avis tu fais une connerie.

Elle ne voulut pas l'écouter davantage et lui fit promettre de ne rien dire à Patrick. Il hocha tristement la tête, torturé à l'idée du gâchis qui s'annonçait. Jean-François réalisait qu'il était attaché au couple de Babeth et Patrick, qui lui avaient fait une place à leurs côtés. Ils l'invitaient à tous les anniversaires, aux fêtes, et souvent à dîner sans aucun prétexte. À eux six, en comptant les enfants, ils formaient une famille recomposée chaleureuse. Il ne voulait pas que tout cela soit détruit. Aussi vint-il voir Patrick pour lui parler de Babeth. Sans trahir sa promesse, il lui conseilla de ne pas laisser pourrir la situation et de vite renouer le contact avec sa femme, s'il ne voulait pas la perdre.

– Qu'est-ce que tu veux qu'elle fasse de plus ? Elle m'a déjà foutu dehors.

– Avec moi, quand elle a demandé le divorce, ça s'est passé d'un coup…

– Tu rigoles ? On n'en est pas là. Si elle pensait au divorce, je l'aurais senti.

– Je serais toi, je ferais gaffe quand même.

– C'est gentil de t'inquiéter, Jeff, mais là, je pense que c'est toi qui t'emballes.

– C'est bizarre ce que je vais te dire, mais je suis heureux avec vous. Vous êtes une belle famille. Vous êtes généreux avec moi, vous m'invitez… Je ne veux pas que les choses changent. Et puis j'ai envie de passer Noël avec vous, comme c'était prévu.

L'avertissement de Jean-François n'avait pas réussi à inquiéter Patrick. Il pensait maintenant parvenir à convaincre sa femme que son aventure avec Camille s'expliquait par ce qu'ils avaient vécu ensemble cette nuit traumatisante où sa mère avait été assassinée. Il n'avait pas encore trouvé l'occasion de lui parler de ses récentes découvertes et voulut passer chez lui pour s'expliquer. Babeth était malheureusement de garde, mais Valentin était là. C'était l'occasion de se réconcilier avec son fils.

– Si c'est pour me dire que tu es désolé, tu perds ton temps, avait maugréé le garçon.

– Je sais que ce que j'ai fait est nul, et je comprends très bien que tu m'en veuilles. Mais je veux que tu saches que je suis en train de tout faire pour que ta mère me pardonne et qu'on reste une famille unie.

– Comme avant que tu couches avec la mère de ma copine ?

– Malheureusement, on ne peut pas revenir en arrière. Et, oui, c'était la plus grosse connerie de ma vie.

– Alors pourquoi tu l'as faite ?

– Parce que je ne suis pas infaillible et qu'on ne sait pas ce que la vie nous réserve. Je ne serai peut-être pas toujours flic, je ne serai peut-être pas toujours le mari de ta mère, mais une chose est sûre : papa, je le serai toute ma vie, et toute ma vie je serai là pour toi.

Patrick sentit que Valentin avait été touché par ses explications, et qu'il avait retrouvé la confiance de son fils. Tout irait de mieux en mieux et, bientôt, ce serait Babeth qui lui pardonnerait...

La chute fut d'autant plus dure quand il entra au Select et que Frémont, avec une mine d'enterrement, lui tendit un pli déposé pour lui à l'hôtel par sa fille Céline, avocate au barreau. C'était une assignation à divorcer signée par Babeth. Patrick tomba des nues.

– C'est pas possible ! Elle ne peut pas me faire ça !

Il la connaissait, pourtant : par fierté, elle était capable d'aller jusqu'au bout. Ce qu'elle était têtue et rancunière, une vraie tête de mule ! Mais c'est justement pour cela qu'il l'aimait. Il courut immédiatement voir Babeth, bien que Douala l'ait réquisitionné pour une mission idiote de surveillance, digne d'un stagiaire. Elle remplissait ainsi son planning, pour le simple plaisir de l'humilier et de l'empêcher de voir Camille. Il avait autre chose à faire que de planquer devant un distributeur de billets, que ça plaise ou non à sa supérieure. Il demanda à Jean-François d'aller planquer à sa place et rejoignit son domicile – ou ce qui deviendrait son ex-domicile s'il ne raisonnait pas Babeth. Il était déjà là, dans le salon, quand elle revint, fatiguée, du travail. En le voyant, elle parut contrariée. Patrick ne lui laissa pas le temps de réagir.

– C'est quoi, ça ? dit-il en brandissant la lettre.

– Tu ne sais pas lire ?

– Babeth, c'est n'importe quoi ! Tu ne vas pas envoyer valdinguer quinze ans de vie commune avec un bout de papier.

– Tu y as pensé, aux quinze ans de vie commune, dans les bras de l'autre salope ?

– Tu ne peux pas comparer ce qu'on a mis tant de temps à construire avec quelques minutes d'égarement. Il faut que je te dise : Camille m'a sauvé la vie la nuit où ma mère a été assassinée. C'est ce cauchemar enfoui qui nous a poussés l'un vers l'autre !

– Je me fiche de savoir pourquoi tu l'as fait.

– Je ne ressens rien pour elle ! Elle n'est qu'une pièce du puzzle que j'essaie d'assembler pour éviter de devenir cinglé !

– Tu ne réussiras pas à me faire pleurer sur ton sort.

Patrick était en plein cauchemar. Était-il possible que Babeth soit aussi butée ? Il lui en voulait de refuser de comprendre.

– Putain, Babeth, je t'aime ! cria-t-il. Je t'ai toujours aimée, on est heureux ensemble, on a une famille !

– Oui, je sais. Mais, en couchant avec cette pétasse, tu as tout foutu en l'air.

Tout était dit. Patrick sentit qu'il ne servait à rien de s'acharner. Plus tard, une immense lassitude s'empara de lui tandis qu'il regagnait sa chambre au Select, loin des siens. En avançant dans le couloir de l'hôtel, il avait l'impression d'être aussi perdu, aussi impuissant que le petit garçon apeuré de ses cauchemars, errant dans le couloir sans fin de l'horreur. Il fut pris d'une envie de crier et de pleurer. Il avait envie de disparaître à tout jamais dans la nuit noire. Il passa une nuit agitée mais finit par s'apaiser quand le doux visage de sa mère s'approcha du sien pour le consoler.

***

Babeth ne passa pas une meilleure nuit, angoissée à l'idée de devoir annoncer la nouvelle aux enfants. Le matin, elle essaya lâchement de fuir le petit-déjeuner et de s'éclipser pour éviter leurs questions. Mais c'était compter sans la perspicacité de Léa et de Valentin.

– On t'a entendue parler avec Patrick, hier soir… Vous en êtes où ?

Babeth n'eut pas d'autre choix que de répondre. De toute façon, elle aurait été obligée de le leur dire tôt ou tard.

– Patrick et moi, on va divorcer.

On entendit une mouche voler, puis Valentin n'y tint plus.

– Papa nous a dit qu'il ferait tout pour recoller les morceaux entre vous. C'est toi qui ne veux pas ?

– Je ne peux plus vivre avec lui après ce qu'il m'a fait.

– Maman, moi aussi je lui en veux, mais je crois que c'est possible de pardonner… Plein de couples le font, non ?

– Je suis désolée, mes chéris. J'aurais aimé pouvoir le faire et continuer comme avant. Mais j'en suis incapable.

Que dire de plus ? Comment leur expliquer cette colère qui ne voulait pas passer ? Babeth vit que ses enfants étaient en état de choc et elle vint les entourer de ses bras. Mais Léa se dégagea avec colère et partit s'asseoir sur le canapé, gardant les yeux rivés au sol. Valentin resta auprès de sa mère, attendant qu'elle dise quelque chose.

– On va se reconstruire, vous verrez, reprit Babeth. Même si c'est difficile, on y arrivera.

– Vas-y, c'est bon, va bosser ! lança le garçon, je

n'ai pas envie d'entendre ce genre de trucs bidons. Ce que je sais, c'est qu'on n'aura plus de famille !

– Vous aurez toujours une famille, elle sera juste organisée différemment. On parlera de tout ça ce soir.

Babeth prit ses affaires et sortit de l'appartement, la mort dans l'âme. Elle n'était pas à l'aise avec sa conscience : avait-elle le droit de tout détruire ? Pourquoi n'arrivait-elle pas à passer l'éponge, à l'image de tant d'autres avant elle ? Après tout, comme l'avait dit Patrick, que valait une simple nuit comparée à toutes celles qu'ils avaient passées ensemble ? Le pire, c'est qu'elle le croyait quand il disait qu'il n'aimait pas Camille et qu'il avait été attiré par elle à cause d'un souvenir enfoui dans le passé. Alors, pourquoi n'arrivait-elle pas à lui pardonner ? Elle essayait de toutes ses forces mais, chaque fois, elle sentait s'ouvrir, sanguinolente, une large et profonde blessure. Elle n'arrivait pas à effacer de son esprit l'image de Patrick faisant l'amour avec la fragile et vénéneuse Camille Balester, aux longs cheveux vaporeux.

À l'hôpital, Stéphane, son collègue, remarqua qu'elle n'était pas concentrée et lui demanda si tout allait bien. Stéphane était l'infirmier qui lui avait servi de guide quand elle avait commencé à son poste. Il était à l'écoute et elle avait pris l'habitude de lui confier ses problèmes.

– Je ne pourrai jamais lui pardonner. Si je le fais, je me connais, j'aurai toujours cette histoire en travers.

– Je ne sais pas si ça pourra t'aider, mais je suis passé par là, moi aussi. Ma première femme m'a trompé, un jour. Ça m'a fait mal. J'ai commencé par la quitter, mais je déprimais parce que je l'aimais toujours. Alors j'ai égalisé les scores. J'ai couché avec une autre fille. Ça m'a remis d'aplomb, et je suis revenu vers ma femme.

– Tu me conseilles de coucher avec un autre mec ?

– Ça remet tout à plat. Après, tu vois ce que tu veux faire. Mais, au moins, tu n'es plus la cocue de service. Un partout, balle au centre.

Pendant toute la journée, Babeth repensa à l'histoire de Stéphane. Et si c'était le remède ? Mais seraitelle capable de faire l'amour par vengeance ? Et avec qui ?

Le lendemain matin, elle se disputa avec Léa pour un motif anodin. Tout avait commencé quand Babeth avait fait remarquer à sa fille qu'elle rentrait bien tard en ce moment.

– Vu l'ambiance, c'est normal que j'aie envie de prendre l'air, répondit la jeune fille sur un ton buté.

– Ce n'est peut-être pas la fête en ce moment, mais ce n'est pas une raison pour que tout le monde fiche le camp.

– Alors quoi ? On doit continuer à faire comme si tout allait bien ? Désolée, ça me fait chier, ce divorce.

– Parce que tu crois que c'est facile pour moi ?

– Il faut croire que oui, sinon tu n'aurais pas mis Patrick à la porte !

– C'est lui qui a déconné, OK ?

– Ça te donne le droit d'être intraitable ? Pas de négociation, pas de discussion, juste la guerre totale ?

– Ne te mêle pas de ça, Léa.

– Très bien, surtout fais comme d'habitude, ne change rien ! C'est toi qui as raison, n'écoute pas les autres.

À voir sa fille ainsi, Babeth se résolut à essayer tout ce qui se présentait pour sauver son couple. À sa pause, elle s'approcha de Stéphane devant la machine à café.

– Dis, ton histoire d'égaliser les scores, là... Ça a vraiment marché ?

– Oui. Je suis revenu avec ma femme et on est restés quatre ans ensemble. Après, elle est partie avec un Colombien, mais c'est une autre histoire.

– Et sans indiscrétion, tu as fait ça avec qui ?

– Une fille avec qui je bossais à l'époque, on s'entendait bien, elle était cool et elle savait que c'était sans engagement.

– Tu me vois dire à un homme que je veux coucher avec lui pour un coup et terminé ? Il va me prendre pour une nymphomane.

– Ou alors tu choisis un mec qui est déjà au courant.

Il la regarda avec un sourire entendu. Babeth éclata de rire, soufflée par son culot.

– C'est une proposition, là ?

– Moi, tu sais, je suis prêt à tout quand il s'agit de sauver une famille.

En une seconde, sa décision fut prise. Elle attendit l'après-midi. Stéphane et elle devaient faire de la paperasse administrative dans une salle de consultation vide. C'était l'occasion ou jamais.

Assise à la même table que Stéphane, Babeth regarda son collègue avec un air étrange. Un petit moment de trouble s'installa. Elle prit une grande inspiration et pensa à Patrick et aux enfants. Soudain, elle se leva pour aller fermer la porte à clé. Elle s'approcha ensuite très près de Stéphane avec un air décidé. Celui-ci comprit et se fit grave.

– Tu ne vas pas le regretter ?

– Je suis une grande fille, je sais ce que je fais.

Il fallait agir vite, avant que sa volonté ne flanche.

– Je ne veux pas te pousser à faire une connerie, Babeth. Ça a marché pour moi mais tu vas peut-être réagir différemment.

– Qu'est-ce que tu me fais, là ? Tu bats en retraite ? Tu ne veux plus sauver une famille ?

– Si tu me prends par les sentiments, dit-il en souriant…

Stéphane s'approcha de Babeth et l'attrapa par la taille. Il l'assit sur la table et l'attira contre lui. Sentant le désir monter entre eux, ils s'embrassèrent, chacun commençant à déboutonner la blouse de l'autre.

Encore une coucherie entre collègues dans un hôpital, quelle banalité ! se serait écrié un intrus qui aurait surpris Babeth et Stéphane dans cette situation sans connaître leurs raisons. Comme quoi les apparences sont trompeuses. Des actes apparemment immoraux peuvent prendre leur source dans l'amour conjugal. Cette aventure le prouve, et j'espère que

Patrick saura faire la part des choses quand il l'apprendra. Babeth, dans un premier temps, ne voulait pas que j'en parle. Depuis cet événement, de l'eau avait coulé sous les ponts, et elle n'avait pas le courage d'expliquer à Patrick ce qu'elle avait fait : la comprendrait-il ? Et s'il réagissait mal ? Stéphane, quant à lui, craignait que Patrick ne vienne lui régler son compte sans ménagement. Face à leurs craintes, j'ai essayé d'écrire l'histoire sans cet épisode sulfureux, mais c'était impossible. Tout était bancal, tout sonnait faux. J'ai réussi à convaincre Babeth qu'il fallait dire la vérité. Elle a d'ailleurs reconnu qu'elle désirait, au fond d'elle-même, se débarrasser de ce mensonge qu'elle traînait comme un fardeau et qui l'empêchait d'être complètement honnête avec Patrick.

4 - Un coup de feu dans la nuit

Une bonne nouvelle tira Patrick du désespoir où la demande de Babeth l'avait plongé. Le piège tendu à Gilles pour lui faire perdre de l'argent avait fonctionné : au cours de la soirée spéciale de poker organisée par les soins de Frémont, Gilles avait perdu, comme prévu, une somme importante, qu'il lui fallait rapidement rembourser. Or, Camille, qui avait pour mission de l'observer au mas, avait remarqué qu'il était parti de la maison avec un carton à dessins sous le bras. Elle avait même pu regarder à l'intérieur : il s'agissait de lithographies de sa mère. Aussitôt, elle était allée trouver Patrick au Select pour lui raconter que son oncle faisait du trafic en vendant des reproductions d'œuvres de Mathilde à son insu.

– On tient un bon moyen de faire avouer à ton oncle ce qu'il sait sur la mort de ma mère, en conclut Patrick.

– Tu crois que c'est lui qui l'a tuée ?

– Disons que l'étau commence à se resserrer autour de lui. Mais il n'a sans doute pas agi seul.

– J'ai peur, Patrick...

– Tu te sens menacée ?

– Non. J'ai peur de ce que je vais découvrir sur ma famille.

Elle le regarda, fragile et démunie. Il l'attira contre lui et la serra dans ses bras pour la rassurer, en toute amitié. Mais Patrick ignorait que quelqu'un, à travers la vitre de l'hôtel, les avait vus ainsi enlacés...

Sans perdre de temps, Patrick se renseigna sur la filière de trafic d'art et apprit par ses indics que Gilles avait rendez-vous le lendemain pour fourguer les lithographies. Patrick voulait l'intercepter avant. À cette idée, il sentit monter l'adrénaline dans ses veines.

Frémont voulait venir avec lui, mais Patrick avait refusé.

– Je veux régler ça tout seul. Ce salopard ne me fait pas peur.

– Ce n'est pas prudent. Dans l'état où vous êtes, vous pourriez aller trop loin.

– Je sais rester maître de mes nerfs.

– Vous êtes sous pression. Tout explose autour de vous : votre couple, votre famille... Votre commissaire vous mène la vie dure. Vous croyez que vous gérez, mais vous êtes à deux doigts de déraper.

Malgré l'avertissement de Frémont, c'est seul que Patrick coinça Gilles sur le chemin qui le menait chez son receleur. Il le plaqua brutalement contre le mur d'une ruelle et lui mit sa carte d'officier de police sous le nez.

– On va avoir une petite discussion tous les deux. Ouvrez ce truc...

Gilles, abasourdi, fut contraint d'ouvrir le carton à dessins. Il soutint qu'il s'agissait de lithographies officielles, signées par sa sœur. Patrick composa le numéro de Mathilde, faisant mine de l'appeler pour vérifier. Gilles blêmit en le voyant faire.

– Non ! Attendez. Je vais vous expliquer !

– T'as rien à expliquer. Tu te fais de l'argent sur le dos de ta sœur. En faisant circuler des fausses lithos, tu fais tomber sa cote. Ça doit tourner autour de deux ans de prison, sauf si tu me dis ce qui m'intéresse.

– Qu'est-ce qui vous intéresse ?

– Je veux savoir qui a tué Emmanuelle Dewolf.

Entendant ce nom, Gilles tenta de cacher la panique qui montait en lui.

– Je ne connais pas cette personne !

Ce déni attisa la colère de Patrick. Il plaqua violemment Jolivet contre le mur et sortit son arme de service, qu'il colla sous son nez.

– Continue de mentir et je te fais un trou à la place des naseaux.

Gilles, terrifié, se mit à trembler de tous ses membres.

– D'accord, je connaissais Emmanuelle.

– Vous l'avez tuée ?

– Je vous jure que non !

– Alors pourquoi avez-vous crevé ses yeux sur les tableaux de votre sœur ?

– Parce que j'étais en colère. C'est tout. Je ne lui ai fait aucun mal.

– Alors qui l'a tuée ?

– Je ne peux pas vous le dire.

Face à cette résistance, Patrick perdit tout contrôle et hurla comme un dément en appuyant son arme encore plus fort contre la joue de Gilles.

– Tu vas me balancer le nom de son assassin !

Une vieille dame poussa un cri en découvrant la scène et fit prestement marche arrière. Patrick réalisa qu'il était allé trop loin et baissa son revolver. Il lâcha Gilles et ramassa le carton à dessins.

– Je prends ça. Tu as vingt-quatre heures pour me dire la vérité. Passé ce délai, je fais ouvrir une instruction et tu passeras les deux prochaines années en taule, c'est clair ?

Il partit avec les lithographies, laissant Gilles sous le choc.

Cette nuit-là, au mas, un coup de feu retentit dans la nuit.

***

Cristal et Léa furent les seules, apparemment, à entendre la détonation. Mais que faisaient-elles dans le jardin à dix heures du soir ? Quand je les ai laissées, elles se voyaient en cachette de Valentin. Si, en apparence, elles se comportaient comme deux bonnes copines, Léa avait de plus en plus de mal à cacher son attirance pour Cristal. Un matin, elle dit à son amie qu'elle préférait qu'elles se voient moins, au motif que, si son frère l'apprenait, il se sentirait trahi.

– Tu es sûre que c'est uniquement à cause de ton frère que tu ne veux pas qu'on se revoie ? lui demanda Cristal, en l'interrogeant de ses yeux doux.

– Oui. Pourquoi dis-tu ça ? répondit Léa, troublée, en essayant de maîtriser sa voix.

– Je ne sais pas… On est tellement bien ensemble… Des fois, moi, ça me fait peur, alors je me dis que… peut-être… toi aussi.

Le cœur de Léa se mit à battre plus fort, mais elle n'osa pas interpréter cette étrange confidence comme une déclaration. Pourtant, il ne tenait qu'à elle de sauter le pas et d'avouer son attirance à son amie. Léa était terrorisée à cette idée, car dire ses sentiments à Cristal, c'était se faire d'abord un aveu à elle-même : celui de son homosexualité. En pleine confusion, elle se souvint que Thomas lui avait proposé de l'écouter si elle voulait lui parler de son intimité…

Elle fut accueillie à bras ouverts par Thomas et Gabriel, à qui elle confia qu'elle aimait les filles. Ils lui parlèrent de leur propre expérience et de leur coming-out. Elle leur dit craindre surtout le regard des autres.

– Tes vrais amis respecteront ça. Les autres, il faudra leur expliquer. Et s'ils ne comprennent pas, tu t'en feras d'autres plus tolérants. Mais c'est d'abord à Cristal que tu dois parler. Dis-lui ce que tu ressens.

– Mais si ça la dégoûte ? Si, après, elle ne veut plus me voir ?

– Quand tu révèles tes sentiments à quelqu'un, que tu sois homo, bi ou hétéro, tu prends toujours ce risque. Mais, si elle ressent la même chose de son côté, ce sera génial…

Le lendemain soir, les deux filles eurent l'occasion de sortir toutes les deux. Après avoir grignoté quelques tapas dans un café que connaissait Cristal, Léa proposa de la raccompagner jusqu'au mas. Elles traversèrent le jardin désert pieds nus pour éviter que les talons de leurs chaussures ne s'enfoncent dans la terre humide. Cristal trébucha et manqua de chuter. Elle se raccrocha au cou de Léa, qui ne résista pas à son poids, si bien que les deux tombèrent dans l'herbe en riant.

– Tu pèses une tonne ! lança joyeusement Léa en roulant sur le côté pour repousser Cristal.

Au milieu de ce joyeux corps à corps, les jeunes filles devinrent soudain très calmes et restèrent un instant sans bouger, allongées côte à côte, regardant le ciel. Cristal rapprocha sa tête de celle de Léa. Cette dernière se redressa, regarda Cristal, puis approcha doucement ses lèvres des siennes et l'embrassa. Cristal se laissa faire, puis lui sourit, heureuse.

– J'avais peur que tu n'oses pas.

– Et moi, je ne savais pas comment tu réagirais.

Elles se sourirent et s'embrassèrent de nouveau, profitant de cet instant magique, quand un coup de feu les fit sursauter. Elles se redressèrent et regardèrent vers la maison : la déflagration était venue de là-bas.

Le lendemain, au petit-déjeuner, Cristal demanda à son grand-père et à sa mère s'ils avaient entendu un coup de feu la veille. Ni Camille, qui dormait à cette heure-ci, ni son grand-père n'avaient perçu quoi que ce soit. Cristal insista, exprimant son inquiétude, mais, selon Alexandre, il n'y avait rien là d'extraordinaire. Il pouvait s'agir d'un pot d'échappement ou d'un chasseur qui braconnait dans les bois. Cristal ne fut pas convaincue par ses explications.

– Et Mamie, elle n'a rien entendu ? Elle est où ?

– Elle est partie de bonne heure, elle avait rendez-vous avec un galeriste à Rouen.

Quant à Gilles, personne ne l'avait vu de la matinée. Cristal haussa les épaules : il allait donc falloir qu'elle se contente du témoignage de sa mère et de son grand-père. Pourquoi avait-elle le sentiment qu'on lui cachait quelque chose ? Léa, avec qui elle reparla du coup de feu, lui proposa d'aller voir son beau-père. En tant que policier, il serait plus à même de leur dire s'il fallait ou non s'inquiéter. Au moins, il les prendrait au sérieux.

Elles le rejoignirent au Select. Patrick, bien sûr, fut immédiatement intéressé par leur récit. Les filles assurèrent que le coup de feu avait été tiré entre 22 heures et 22 h 10. Cristal ajouta que l'ambiance au mas était étrange. Sa grand-mère était partie en voyage et son oncle s'était volatilisé sans que personne ne s'inquiète de savoir où il était passé.

– Ça lui est déjà arrivé de partir comme ça ? demanda Patrick, inquiet.

– Non, il n'a pas trop de vie en dehors de chez nous.

Patrick promit à Cristal et à Léa de se rendre à la propriété pour tenter d'en savoir plus. Là-bas, Camille accepta de faire avec lui le tour de la demeure pour vérifier que tout allait bien. Patrick voulut jeter un coup d'œil à la cave où ils avaient trouvé les tableaux d'Emmanuelle. Ils descendirent l'escalier. Camille ouvrit la porte et poussa un hurlement. Son oncle gisait au sol dans une mare de sang, tenant à la main le pistolet qui lui avait troué la tête.

La police scientifique arriva immédiatement sur place. Sara Douala se montra mécontente de voir que Patrick était là, et plus encore d'apprendre que c'était lui qui avait trouvé le corps.

– Pour commencer, qu'est-ce que vous faisiez ici ? Vous aviez encore besoin de réfléchir sur votre vie ?

Patrick hésita puis se décida à dire la vérité. Il lui raconta qu'il menait depuis plusieurs semaines une enquête officieuse sur la mort de sa mère, assassinée, et que ses recherches l'avaient conduit à soupçonner les Balester.

– Et voilà comment on se retrouve avec un cadavre sur les bras… Bien joué, commandant !

La commissaire Douala menaça Patrick d'informer le procureur, mais il savait qu'elle n'en ferait rien. Elle préférait, dans la mesure du possible, régler les problèmes directement avec ses hommes sans y mêler l'administration. Patrick espérait qu'elle comprendrait ses motivations et le jugerait désormais moins durement que par le passé. Il lui demanda s'il pouvait officiellement prendre les commandes de l'enquête.

– Hors de question ! Vous êtes trop impliqué, Nebout. Vous vous retirez de cette affaire immédiatement, c'est un ordre.

Quelle déception ! Patrick soutint le regard noir de Douala, défiant un temps son autorité, prêt à encourir un blâme, puis il se reprit et tourna les talons, furieux.

Il rumina dans sa chambre tout le reste de la journée, allongé sur son lit, tout habillé, les mains derrière la tête, le regard rivé au plafond. En fin d'après-midi, on frappa à la porte. C'était Babeth. Ils se regardèrent un temps sans rien dire, puis Patrick se décida à la laisser entrer.

– Sympa, ton palace, dit-elle en jetant un coup d'œil autour d'elle. Un peu vintage, c'est mode.

– J'imagine que tu n'es pas venue pour parler de la déco de ma chambre ? demanda Patrick, méfiant.

– Non. Je voulais savoir comment tu allais.

Patrick se détendit, agréablement surpris par ce revirement.

– Ah bon... Eh ben, ça va... Et toi ? Tu as l'air fatiguée. Tu étais de garde cette nuit ?

– Oui. Et ton enquête, ça en est où ? Tu en sais plus sur l'assassin de ta mère ?

– Je crois. Je soupçonnais le grand-oncle de Cristal, j'espérais le faire avouer, mais il s'est suicidé.

– Du coup, tu ne sauras jamais si c'était vraiment lui le coupable.

Elle avait l'air sincèrement désolée pour lui. Ils se turent et se regardèrent.

– Tu es toujours en colère contre moi ? osa demander Patrick.

– Moins. Disons que je peux être dans la même pièce que toi sans avoir envie de te frapper.

– C'est un progrès...

– Oui. Tu sais, ça y est... Je suis d'accord pour essayer de recoller les morceaux.

Un grand espoir souleva le cœur de Patrick. Dieu sait comment elle avait fait, mais il avait le sentiment qu'elle avait réussi à dépasser sa colère. Il lui sourit.

– Je sais que ce n'est pas évident pour toi. Merci.

– Attendons de voir si ça marche avant de tirer les feux d'artifice.

– Je vais te faire oublier tout ça. Je te le jure.

Ils se regardèrent un temps dans les yeux. Puis il se pencha doucement vers elle et l'embrassa. C'était un baiser plein de douceur et de tendresse.

Babeth le repoussa gentiment, car elle ne se sentait pas très à l'aise. C'était vraiment le comble : maintenant, c'est elle qui se sentait fautive ! Le score était égalisé. Un point partout, comme l'avait dit Stéphane. Le plan avait fonctionné.

Patrick était sur un petit nuage. Enfin, il voyait le bout du tunnel ! Le reste, savoir si Gilles s'était suicidé parce qu'il avait tué sa mère ou pour une autre raison, il s'en fichait, après tout. Il apprendrait à vivre sans savoir…

Mais cette éclaircie dans la vie de Patrick fut de courte durée. Le soir, Douala lui apprit que la police scientifique avait conclu à un meurtre déguisé en suicide, et qu'il était le suspect numéro un. Son motif : la vengeance.

À la même minute, dans l'appartement des Nebout, Babeth annonçait la bonne nouvelle à ses enfants : Patrick allait revenir vivre à la maison. Léa s'en réjouit, mais Valentin ne semblait pas y croire.

– Eh, têtard, demanda Babeth, ça ne te fait pas plaisir qu'on se donne une chance, avec ton père ?

– Non, parce que je l'ai vu mardi avec la mère de Cristal. Il la tenait dans ses bras.

Une lueur de panique passa dans les yeux de Léa. Babeth prit sur elle pour masquer sa déception et afficha un air rassurant.

– Ne vous inquiétez pas. J'en parlerai avec lui, je suis sûre qu'il pourra m'expliquer ce qui s'est passé.

Mais, au fond, elle n'était pas si sûre d'elle. Quel beau salaud il ferait si c'était vrai !

***

Babeth ne changea pas de décision pour autant, et Patrick revint à la maison comme prévu. Il se faisait du souci au sujet de l'enquête de police. Être suspect numéro un signifiait que tous les éléments recueillis par les enquêteurs seraient interprétés en sa défaveur. Il suffisait qu'ils recueillent le témoignage de la femme qui l'avait surpris dans la rue en train d'intimider Gilles Jolivet pour le considérer comme capable de tuer. Babeth le soutenait mais demeurait étrangement distante. De même, Valentin lui présentait un visage fermé et mutique. Patrick s'en inquiéta.

– Valentin m'a fait la tête tout le week-end, tu sais ce qu'il a ? demanda-t-il à Babeth en désignant l'adolescent avachi dans le canapé, son casque vissé sur les oreilles.

– Il t'a vu mardi dernier au Select. Il paraît que Camille Balester était dans tes bras.

– J'ai pris Camille dans mes bras parce qu'elle était en train de craquer, c'est tout. Tu me crois ?

– Franchement, je ne sais pas…

Patrick s'approcha de son fils et lui retira ses écouteurs.

– Eh ! s'indigna Valentin.

– Écoute-moi deux minutes. Camille Balester a accepté de m'aider dans mon enquête, mais c'est quelqu'un de fragile. Chercher la vérité est angoissant pour elle. C'est pour cela que je l'ai prise dans mes bras, pour la rassurer.

– Je m'en fous, de tes histoires.

– Non, puisque tu me fais la tête ! J'ai fait une erreur avec cette femme et ça ne se reproduira jamais. Vous devez me croire, sinon on n'a aucune chance de reconstruire notre famille. Si vous n'avez pas confiance en moi, ce n'est pas la peine.

Patrick les regarda tous les deux, attendant leur verdict.

– Je te crois, lui dit Babeth avec conviction.

– Si maman te croit, moi aussi, marmonna Valentin.

***

Même si Patrick était le suspect numéro un, ses collègues ne croyaient pas en sa culpabilité. Ils ne le voyaient pas tuer un homme – et encore moins maquiller aussi grossièrement un meurtre en suicide. En tant que professionnel, le commandant Nebout aurait fait bien mieux que cette naïve mise en scène. Ils cherchaient un autre suspect. Étrangement, Mathilde Balester, censée se trouver à Rouen, restait injoignable au téléphone.

Le lieutenant Boher, chargé d'interroger Alexandre Balester, lui demanda s'il avait des nouvelles de sa femme.

– Non. Elle n'a répondu à aucun de mes messages. Je suis très inquiet.

– Vous n'avez aucune idée de l'endroit où elle pourrait être ?

– J'ai appelé le galeriste, elle n'est pas venue au rendez-vous. J'ai fait le tour de ses amies et des endroits où elle aime se rendre, mais personne ne l'a vue.

– Ça lui est déjà arrivé de disparaître comme ça ?

– Jamais, répondit le vieil homme avec un air inquiet.

Boher sortit du dossier qu'il avait apporté des feuilles placées sous scellés et les tendit à Alexandre.

– En perquisitionnant chez vous après le meurtre, nous avons trouvé ceci dans vos affaires. Des poèmes écrits pour une certaine Emmanuelle… Vous en êtes l'auteur ?

Alexandre ne s'attendait pas à ça. Un vent de panique passa sur son visage.

– Oui. Ces poèmes datent des années 1970. Emmanuelle était ma maîtresse à l'époque.

– Ces poèmes ont été écrits par un homme très amoureux…

– Je l'étais, reconnut Alexandre avec une pudeur gênée.

– Vous étiez déjà marié, non ?

– Nous formions un couple très libre, et Mathilde n'a jamais été jalouse.

Boher ne lui laissa pas de répit.

– Saviez-vous que Gilles Jolivet fabriquait et vendait de fausses lithographies au nom de votre femme ?

– Je l'ignorais complètement ! affirma Alexandre, qui semblait sidéré.

– Si votre femme avait appris qu'elle se faisait piller par son frère, comment pensez-vous qu'elle aurait réagi ?

– Mal, sans doute…

Alexandre était défait, comme anéanti. Soit il était très bon acteur, soit il envisageait vraiment avec effroi que sa femme puisse être une meurtrière.

Parallèlement, la commissaire Douala interrogeait Frémont. Elle savait qu'il aidait Patrick dans son enquête. Il reconnut que ce dernier était déterminé à découvrir coûte que coûte la vérité sur la mort de sa mère, et qu'à eux deux ils avaient tendu un piège à Gilles Jolivet en l'incitant à perdre de l'argent au poker pour le faire chanter.

– Jusqu'où Nebout est-il allé quand il dit « avoir mis la pression » ? s'enquit la commissaire.

– Tout ce que monsieur Nebout m'a dit, c'est qu'il ne voulait plus interroger Gilles Jolivet. Il avait peur de déraper.

– Nous y voilà ! s'exclama Douala, très intéressée.

– Sauf que Nebout n'a rien à voir avec ce meurtre. J'étais à l'hôtel Select avec lui au moment du crime. On discutait.

– Bel alibi... Un peu trop beau, même. Surtout venant d'un homme qui a passé sa vie à mentir à la police.

– Il y a des témoins. Des clients sont arrivés à ce moment-là. Des Réunionnais qui viennent passer Noël en famille en métropole.

Pour une fois, Charles Frémont ne mentait pas. À l'heure du crime, en effet, Patrick et lui devisaient à l'accueil du Select. Les clients témoignèrent qu'ils les avaient effectivement vus. Patrick était désormais hors de cause. Douala n'accepta pas pour autant de le mettre sur l'enquête et l'obligea à prendre quelques jours de congé.

La police établit que Mathilde Balester n'était jamais allée à Rouen. Elle demeurait introuvable. Sara Douala fit lancer un mandat d'arrêt contre elle. L'artiste peintre devenait à son tour le suspect numéro 1.

Chez lui, Patrick était comme un lion en cage. Pourquoi Mathilde s'était-elle enfuie ? Douala refusait de lui transmettre les informations de l'enquête. N'y tenant plus, il se rendit au commissariat pour essayer de soutirer des informations à Boher. Ce fut en vain, car le lieutenant resta intransigeant. Soudain, une agitation se fit entendre aux portes du commissariat. Un fourgon venait d'arriver. Des policiers entrèrent, encadrant Mathilde Balester, la tête baissée. Elle venait d'être arrêtée à l'aéroport alors qu'elle tentait de fuir à l'étranger.

C'est Douala et Boher qui l'interrogèrent. Leur hypothèse était que Mathilde avait tué son frère sous le coup de la colère quand elle avait découvert qu'il l'arnaquait. Encore fallait-il déterminer s'il s'agissait ou non de légitime défense. Après tout, le revolver était celui de Gilles. On pouvait imaginer que Mathilde avait menacé son frère de le dénoncer et que celui-ci avait voulu l'en empêcher en brandissant son arme. Mathilde s'était débattue et le coup était parti. Ensuite, paniquée, elle avait maquillé l'accident en suicide.

Mais, au lieu de s'expliquer, Mathilde resta prostrée durant toute la garde à vue et ne voulut rien leur dire, se bornant à leur demander si son frère avait souffert avant de mourir. Quand Douala l'avertit que son silence risquait d'aggraver son cas et de l'envoyer en prison pour de longues années, elle se contenta de leur dire, avec un air résigné et triste : « Je me moque de ce qui peut m'arriver. Je dois payer, je payerai. »

Même si l'hypothèse de Douala et de Boher se tenait, Patrick ne croyait pas que Mathilde pût être la coupable. Il interrogea Camille à ce sujet. Elle confirma que sa mère était incapable de se disputer à mort avec son frère pour ce genre de motif. Tous deux avaient l'intuition que ce meurtre avait ses racines dans celui d'Emmanuelle. Si Gilles était le meurtrier, quelqu'un avait peut-être voulu venger Emmanuelle ? Quelqu'un que Mathilde voulait protéger. Une autre hypothèse était que Gilles savait qui avait tué Emmanuelle, et que le meurtrier l'avait tué pour le faire taire.

Camille essaya de faire parler son père, le suppliant de lui dire ce qu'il savait de cette vieille histoire. Il fallait crever l'abcès avant que d'autres personnes ne meurent. Pour le faire réagir, elle lui révéla même que Patrick était le fils d'Emmanuelle. Mais Alexandre persista à dire qu'il ne savait rien et qu'Emmanuelle n'avait pas été assassinée. Ce meurtre, Patrick l'avait tout simplement fantasmé.

Camille n'insista pas. Son père, anéanti par l'arrestation de sa femme, semblait avoir pris dix ans en quelques jours. Elle s'inquiétait pour lui et se mit à le surveiller. Bien lui en prit, car elle le surprit le lendemain sur le point d'avaler des médicaments pour se suicider. Elle arrêta son geste à temps et lui en demanda la raison. Il lui avoua qu'il ne supportait pas l'idée que Mathilde finisse sa vie en prison. Camille comprit qu'il ressassait une tragédie très ancienne et que la mort de Gilles n'était pas la seule raison de son geste suicidaire. Elle lui demanda de nouveau si le meurtre de Gilles avait un rapport avec celui d'Emmanuelle.

– D'accord, répondit le vieil homme, je vais tout te dire, mais je veux que le fils d'Emmanuelle soit là aussi.

Camille courut avertir Patrick chez lui. Babeth était là. Les deux femmes se jaugèrent, mais Babeth ne fit pas de scandale et la laissa parler. Camille voulait que Patrick la suive immédiatement, pour ne pas laisser à son père le temps de changer d'avis. Patrick regarda Babeth, en quête de son approbation.

– Ça te pose un problème si j'y vais ?

Babeth soupira.

– Tu fais ce que tu veux, je m'en fiche.

Camille et Patrick se hâtèrent de rejoindre le mas. Voici ce qu'Alexandre Balester leur confessa, dans la pénombre de son bureau.

– Si vous m'aviez dit qui vous étiez, commença-t-il en regardant Patrick, je vous aurais aidé dans votre enquête, en mémoire d'Emmanuelle. Je l'ai tellement aimée, même si cela ne m'a pas empêché d'aimer Mathilde. Emmanuelle et moi avions décidé de partir ensemble. Nous ne vivions plus que pour cette idée mais, un jour, elle n'est pas venue à notre rendez-vous. J'ai essayé de la joindre, je l'ai cherchée. Elle avait disparu. Je ne l'ai jamais revue.

– Tu n'as pas pensé qu'il avait pu lui arriver quelque chose ? objecta Camille.

– Non. J'ai cru qu'elle ne m'aimait pas assez pour s'enfuir avec moi.

– Mais, aujourd'hui, vous savez qui l'a tuée ? demanda Patrick.

Alexandre opina tristement de la tête, les larmes lui montèrent aux yeux.

– C'est Mathilde. Elle disait qu'elle n'était pas jalouse mais elle mentait. Elle se forçait à accepter ma liaison avec Emmanuelle pour ne pas me perdre. Quand elle a compris que nous allions partir ensemble, elle l'a tuée.

– Elle vous a avoué tout ça ? s'étonna Patrick.

– À demi-mot. Et puis la mort de Gilles m'a ouvert les yeux.

– Pourquoi aurait-elle tué son frère ?

– Il savait pour le meurtre. Peut-être qu'ils avaient été complices ce soir-là, Gilles a toujours détesté Emmanuelle. Peut-être même qu'il faisait chanter sa sœur. C'est à cause de ça qu'elle l'a tué. Pour qu'il ne parle pas.

Tout était dit. Alexandre regarda sa fille, exténué par l'effort que cette confession lui coûtait.

– J'aime toujours ta mère. D'une certaine façon, je suis responsable de ce qu'elle a fait. Je ne supporte pas l'idée qu'elle aille en prison. Voilà pourquoi je voulais mourir.

Cette histoire était certes touchante et crédible, mais Patrick répugnait à y croire. Il ne parvenait pas à imaginer Mathilde en double meurtrière.

***

Patrick n'en dormit pas de la nuit, et Babeth s'agaçait de l'entendre se tourner et se retourner dans le lit. Il ressassait cette histoire de meurtre depuis des jours, et elle avait l'impression de compter pour du beurre. Patrick pensait que leur réconciliation était acquise. Alors quoi ? Ils allaient donc faire comme si rien ne s'était passé ? Déjà, quand « l'autre » était venue à la maison chercher Patrick, elle s'était retenue pour ne pas lui dire un mot désagréable. Elle l'avait autorisé à la suivre uniquement parce qu'elle avait promis de lui faire confiance. Mais Babeth rongeait son frein. Quand cette histoire finirait-elle donc ?

Le matin, lorsque Patrick rejoignit sa femme à la cuisine et lui raconta qu'il avait fait le même cauchemar, qu'il s'était vu de nouveau, enfant, dans le couloir du mas, elle laissa échapper son agacement.

– Si tu acceptais de lâcher prise, peut-être que tu dormirais mieux, non ?

– Sûrement, mais c'est plus fort que moi, je n'y arrive pas.

– Écoute, je suis désolée, mais je n'en peux plus de t'entendre ressasser cette histoire de passé, de meurtre, de couloir.

– Moi aussi, je suis désolé, mais je n'y peux rien.

– Eh bien, essaye ! Parle d'autre chose, histoire de donner une chance à notre couple. Tu sais qui a tué ta mère, ça ne te suffit pas ?

– Ça devrait me suffire, oui. Mais ça continue de m'obséder.

– Ça fait des semaines qu'on ne parle que de ça. Je n'en peux plus. Je n'en ai rien à foutre de savoir qui a tué ta mère ou que son assassin soit puni ! Je veux juste retrouver une vie normale !

De rage, elle jeta l'éponge dans l'évier et partit au travail sans un regard pour son mari.

Au boulot, Babeth se montra d'une humeur massacrante avec ses collègues. Stéphane fut le premier à s'en rendre compte et la poussa à se confier. Elle lui avoua qu'elle avait du mal à faire comme si de rien n'était dans son couple. Quelque chose s'était brisé. Elle avait peur de ne plus aimer Patrick. Elle avait envie de le frapper dès qu'il ouvrait la bouche pour parler de son enquête. Le pire, c'est qu'elle n'avait plus de désir pour lui. Elle se sentait comme une vieille souche morte.

– Chut, allez, ça va s'arranger, lui dit gentiment Stéphane en lui caressant la joue.

Ils se regardèrent, leurs visages étaient très proches et Babeth se laissa aller à embrasser doucement Stéphane, qui lui rendit son baiser. Le désir monta entre eux immédiatement. Il glissa sa main le long de sa jambe, releva sa jupe et sa blouse…

– Ferme la porte, lui dit Babeth dans un souffle.

Stéphane n'eut pas le temps d'obéir : le docteur Riva venait d'entrer, le regard fixé sur Babeth, blouse relevée, Stéphane collé contre elle. De quoi arrêter net leur projet ! Ils se séparèrent et retournèrent à leurs occupations sans un mot, chacun de son côté.

Une fois remise de ses émotions, Babeth pensa que c'était mieux ainsi. L'arrivée de Riva l'avait sauvée. Elle ne voulait pas entamer une liaison avec Stéphane. Très gênée, elle reparla de l'incident avec le médecin, craignant qu'il ne la considère comme une Marie-couche-toi-là. Gabriel précisa sa position morale sur le sujet :

– S'envoyer en l'air entre deux patients, je l'ai fait avant toi. Je ne te juge pas et je sais que ta vie est un peu compliquée en ce moment. En revanche, si j'ai un conseil à te donner, c'est de faire un peu attention à Léa.

– Pourquoi ? Qu'est-ce qu'elle a ? demanda Babeth, inquiète.

– Elle traverse une période délicate. Elle a besoin que tu sois un peu à l'écoute en ce moment, c'est tout.

Il ne voulut pas lui en dire davantage. Babeth se creusa la tête pour comprendre de quoi il parlait. Il est vrai que Léa avait passé plusieurs soirées chez Thomas et Gabriel. Pourquoi avait-elle besoin de discuter avec eux en particulier ? Puis elle songea à la scène qu'elle avait surprise la veille, quand elle était rentrée du travail : Léa et sa copine Cristal, collées l'une contre l'autre, en train de regarder en silence un album de photos. Elle les avait trouvées touchantes et s'était attendrie. Et si cette complicité allait plus loin que ce qu'elle avait imaginé ?

***

Au milieu du tumulte du meurtre de Gilles et de la mise en cause de Patrick, les deux filles avaient trouvé le temps de s'aimer. Depuis la soirée où elles s'étaient déclaré leur amour, elles n'avaient cessé de se rapprocher et de se découvrir.

Léa avait consolé Cristal de la mort de son oncle et de l'arrestation de sa grand-mère, et Cristal avait rassuré Léa sur le sort de Patrick. Le malheur n'arrivait pas à refréner leur ardeur, au contraire, il leur faisait comprendre que l'amour est ce qu'il y a de plus précieux. Ainsi, le soir de l'arrestation de sa grand-mère, Cristal recevait Léa chez elle pour leur première nuit d'amour. La première « vraie » fois pour Léa.

Celle-ci avait dit à ses parents qu'elle dormait chez Gabriel et Thomas, et elle s'était glissée en cachette dans la chambre de Cristal. Elles avaient passé une nuit tendre et passionnée. Le matin, alors qu'elles étaient allongées, leurs longs cheveux emmêlés, main dans la main, encore émerveillées par leur nuit, Cristal avait demandé, avec un peu d'inquiétude dans la voix, si ça avait été mieux qu'avec Jonas.

– C'était cent fois mieux. En fait, ce n'est pas comparable. Avec Jonas, je me disais qu'il fallait que je le fasse, parce que j'avais 17 ans, que c'était normal de le faire. Mais je n'en avais pas envie.

– Tu crois qu'un jour tu auras envie d'un garçon ?

– Je ne crois pas. Je ne suis pas attirée par eux. C'est comme ça.

– On a eu de la chance de se trouver.

– Oui. Beaucoup de chance.

Elles s'embrassèrent tendrement et restèrent au lit, enlacées, jusqu'à l'heure d'aller au lycée.

Léa se posait des questions sur la façon d'annoncer à sa famille qu'elle aimait les filles. Thomas lui conseilla de ne pas précipiter son coming-out. Pas de déclaration en fanfare. Elle devait prendre son temps et commencer par les personnes avec qui elle était le plus complice. Léa en parla tout naturellement au téléphone avec sa sœur jumelle, Émilie, mais elle n'eut pas le temps d'avertir d'autres personnes, car une terrible nouvelle vint contrarier son histoire d'amour naissante : Cristal allait partir vivre à Genève dès le début de la semaine prochaine.

En effet, Camille, soulagée par l'aveu de son père, qui dissipait un secret qu'elle avait porté toute sa vie sans le savoir, avait décidé de quitter le mas et tout ce qu'il représentait pour commencer une nouvelle vie avec sa fille. Une vie où elle serait plus forte, où elle serait une femme libre et une mère responsable. Changer d'air était indispensable à ce projet.

En apprenant la nouvelle, Cristal se révolta. Elle ne pouvait pas quitter Marseille, pas en ce moment ! Mais comment expliquer à sa mère qu'elle vivait une histoire d'amour avec une fille ? Elle n'osa pas le lui dire. Et puis Camille comptait sur elle. Cristal ne pouvait pas abandonner sa mère : sans elle, elle n'aurait pas la force d'aller jusqu'au bout de son émancipation. Elle aimait sa mère et elle accepta le sacrifice qu'elle lui demandait.

Léa et Cristal pleurèrent ensemble à l'idée de devoir se séparer. Genève, c'était loin, et très cher par le train. Comment supporter de se voir aussi peu ? Comment leur amour survivrait-il ?

Voyant sa fille abattue, prostrée dans le canapé, Babeth comprit qu'il se passait quelque chose et l'interrogea tout en douceur.

– Comment va Cristal ?

– Elle va quitter Marseille pour aller vivre à Genève. C'est juste super loin. Mais elle n'a pas le choix, c'est sa mère qui a décidé ça.

– Et c'est difficile pour toi.

– Oui.

– C'est pas juste « un peu difficile », n'est-ce pas ? insista doucement Babeth.

Léa regarda sa mère, étonnée. Elle avait donc compris ? Babeth sourit à sa fille en guise de confirmation. Léa en fut bouleversée. Les larmes lui montèrent aux yeux.

– Maman, je n'ai pas envie qu'elle parte… Je l'aime, je ne veux pas la perdre…

Babeth la prit tendrement dans ses bras et lui caressa les cheveux.

– On trouvera des solutions, ma puce. Genève, ce n'est pas si loin. On s'arrangera. Et si tu veux me parler de tout ça, je suis là pour toi, d'accord ?

Léa acquiesça, émue et soulagée. Dans l'entrebâillement de la porte qui menait aux chambres, Valentin, le visage crispé, n'avait rien perdu de la conversation.

***

Babeth évoqua avec Patrick ce qu'elle avait découvert sur la vie sentimentale de Léa, mais Patrick ne s'appesantit pas sur le sujet, trop absorbé par son enquête. Plus il réfléchissait, moins il était convaincu par l'explication d'Alexandre. Il aurait voulu parler à Mathilde, mais elle venait d'être transférée à la prison des Baumettes. Il insista auprès de Sara Douala pour l'interroger. S'il lui révélait qu'il était le fils d'Emmanuelle, Mathilde consentirait peut-être à lui parler. La commissaire, qui n'avait obtenu aucun aveu de la suspecte, accepta de tenter le coup.

Lorsque Patrick entra dans la cellule, il vit une femme écrasée par le désespoir, recroquevillée sur son chagrin. La lassitude se lisait sur son visage fermé.

– Madame Balester, vous pensez que c'est votre place, ici ? Vous pourriez vous défendre. Je suis persuadé que vous n'avez pas tué votre frère…

– Si. C'est à cause de moi qu'il est mort, dit-elle fermement.

– C'est faux. Pourquoi dites-vous cela ?

Mathilde ne répondit pas tout de suite. Ses yeux partirent dans le vague.

– Vous savez, murmura-t-elle, il y a des dizaines de façons de tuer quelqu'un. On peut le laisser s'éteindre comme une braise sur laquelle on ne souffle plus. Croyez-moi, c'est pire qu'un coup de revolver.

– De qui est-ce que vous parlez, Mathilde ? De vous ?

Elle ne répondit pas. Elle donnait l'impression que ce qui était autour d'elle n'avait plus d'importance. Comme si elle était déjà ailleurs.

– Madame Balester, j'ai menti quand je suis venu habiter chez vous. Je ne venais pas pour faire le point sur ma vie. Je venais enquêter sur la mort de ma mère, Emmanuelle Dewolf.

En entendant cela, Mathilde reçut un choc. La lumière revint dans ses yeux. Elle se tourna vers Patrick et le dévisagea, bouleversée.

– Comment ai-je fait pour ne pas m'en rendre compte !

– Je vous en prie, dites-moi comment ma mère est morte. J'ai besoin de le savoir.

Mais Mathilde ne l'entendait pas, elle était captivée par le visage de Patrick, qui la ramenait plus de trente ans en arrière.

– Vous avez ses yeux, dit-elle avec une voix mêlant joie et tristesse. De si beaux yeux…

Elle avança doucement sa main et caressa le visage de Patrick. Puis elle se mit à pleurer faiblement.

Patrick sentit qu'elle ne parlerait pas. Il la laissa faire, lui-même infiniment troublé par cette étrange réaction.

Du point de vue de Douala, Patrick avait échoué, il n'avait pas réussi à faire parler la suspecte. Elle rendit ses conclusions, et le juge d'instruction décida de clore l'enquête. Mathilde Balester était officiellement présumée coupable du meurtre de son frère. Si elle persistait à rester muette, elle emporterait son secret avec elle. Rien n'aurait permis de le percer si un dramatique accident, sans lien direct avec la situation de Mathilde, n'était survenu dans la famille de Patrick.

***

Après la conversation qu'il avait surprise entre sa mère et Léa, Valentin avait fouillé dans le portable de sa sœur et trouvé une photo de baiser entre Cristal et Léa. La trahison était avérée : les deux filles s'étaient bien moquées de lui ! Sa sœur, surtout, qui avait feint de l'aider. Fou de colère, il lui demanda des explications alors qu'ils étaient seuls à l'appartement.

– Tu n'as pas un truc à me dire ?

– Non...

Valentin brandit le téléphone.

– J'ai regardé dedans. Alors ? Alors, tu as quelque chose à me dire ou pas ?

Léa comprit et se raidit.

– Tu n'avais pas le droit de fouiller ! Rends-le-moi !

Léa s'approcha de son frère pour lui prendre l'appareil. Il recula et mit le portable hors de sa portée.

– Tu n'es vraiment qu'une salope !

– Donne !

– Tu peux crever ! Je vais le jeter par la fenêtre !

Valentin s'approcha de la vitre pour mettre sa menace à exécution. Léa paniqua et se précipita sur lui.

– Arrête ! Ne fais pas ça !

– Tu as peur de perdre tes photos dégueulasses, c'est ça ? Ou alors c'est tes SMS que tu veux garder ? Trop tard ! J'ai tout effacé.

La jeune fille, folle de rage, fonça sur son frère. Ils se bagarrèrent un instant. Valentin finit par la pousser violemment. En tombant, Léa se cogna la tête sur un coin de la table et perdit connaissance. Valentin constata avec terreur qu'elle ne réagissait plus.

– Léa, Léa ! Réponds !

Quand les secours arrivèrent, il leur expliqua qu'il avait trouvé sa sœur inanimée en rentrant de cours. À ses parents, il dit la même chose. Léa fut admise en neurochirurgie. Le médecin leur annonça qu'elle avait un hématome crânien sous-dural qu'il fallait opérer le plus vite possible. Le pronostic vital était engagé. L'opération, en outre, pouvait laisser des séquelles neurologiques graves.

Babeth et Patrick étaient unis par l'inquiétude au chevet de Léa, placée sous respirateur. Qu'ils étaient loin, leurs problèmes de couple, à ce moment-là ! Au bout du lit, Valentin, torturé par ce qu'il avait fait, ne quittait pas des yeux sa sœur, si fragile, qui luttait contre la mort par sa faute. Il imaginait le pire.

– Elle va mourir ? demanda-t-il plein d'angoisse.

Patrick et Babeth se regardèrent. Babeth, trop émue, tourna la tête. Patrick prit son fils par les épaules.

– Non, elle ne va pas mourir. Regarde-moi. Je te dis que tout va bien se passer.

Valentin se tourna vers sa mère.

– C'est vrai, maman ?

– Oui. Elle va s'en sortir, répondit faiblement Babeth sans se retourner, car elle ne voulait pas qu'il la voie pleurer.

Le secret était trop dur à porter pour Valentin, écrasé par le remords. Il finit par tout avouer à son père, le soir, lorsqu'ils rentrèrent tous les deux se reposer à l'appartement.

– C'est de ma faute, papa.

– Qu'est-ce que tu racontes ? Tu n'y es pour rien !

Valentin regarda son père d'un air désespéré.

– Si. C'est moi qui ai poussé Léa. C'est à cause de moi qu'elle est dans le coma.

***

L'opération de Léa se déroula bien, mais il fallait attendre son réveil pour savoir si elle garderait des séquelles. Or, son réveil tardait, attisant les craintes. Resterait-elle longtemps dans le coma ?

Babeth et Patrick s'inquiétaient autant pour Léa que pour Valentin, qui ne mangeait plus. Ils s'étaient mis d'accord pour ne pas le culpabiliser davantage et lui rappelaient sans cesse qu'il s'agissait d'un accident.

Jean-François était lui aussi très présent auprès de sa fille. Il questionna le docteur Riva sur les circonstances de l'accident : comment était-il possible que sa fille soit tombée si brutalement toute seule ? Gabriel reconnut que l'importance du choc laissait penser qu'elle avait été poussée. Jean-François en déduisit qu'on lui cachait quelque chose. Patrick lui jura qu'il ne savait rien de plus, mais Jean-François n'abandonna pas. Il fit part de ses doutes à Valentin, qui ne put s'empêcher de tout lui avouer. La réaction de Jean-François fut brutale : « Je te préviens, si elle ne s'en sort pas, tu vas payer ! », lança-t-il à l'adolescent.

– Qu'est-ce qui t'a pris de terroriser Valentin ? Tu crois qu'il n'est pas assez mal comme ça ? lui demanda Patrick, à cran, le lendemain, au commissariat.

– OK, j'y suis peut-être allé un peu fort. Mais c'est de votre faute, pourquoi ne m'avez-vous pas dit tout de suite ce qui s'était passé ? Léa est ma fille. Même si tu l'as élevée, quand elle se retrouve dans le coma, j'ai le droit de savoir pourquoi !

– C'est vrai, reconnut Patrick, on aurait dû te le dire. Mais s'en prendre à Valentin n'arrangera rien.

– Il y a peut-être des questions à se poser aussi sur l'ambiance générale chez vous. Tu te barres, vous divorcez, tu reviens, vous ne divorcez plus : tu crois que c'est cool pour des gosses ? Tu crois que ça tombe du ciel, la violence ? Que d'un coup tu pousses ta sœur, comme ça ?

– Justement, il l'a poussée. Il ne l'a pas frappée ou tabassée ! Il faut remettre les choses à leur place !

– Il a été violent avec elle, et elle est dans le coma. Et si l'état de Léa ne s'améliore pas, je porterai plainte contre Valentin. Tu protèges ton fils ; moi, ma priorité, c'est ma fille.

Patrick tourna et retourna les accusations de Jean-François dans sa tête. Il se sentait responsable de ce climat d'instabilité qui s'était abattu sur sa famille. Il en parla à Babeth.

– Jean-François n'a pas tort, reconnut-elle, l'ambiance n'était pas cool ces derniers temps. Mais bon, tu es revenu. Et on leur a dit qu'on ne divorçait plus.

– Mais on ne s'embrasse plus, on ne se prend plus dans les bras, on dort ensemble mais on n'a pas refait l'amour...

Babeth soupira. Enfin, il s'en rendait compte ! Entre-temps, avec l'accident, elle avait eu le temps de relativiser leur problème. Elle avait compris qu'ils étaient soudés profondément. Elle ne lui en voulait plus. La priorité, maintenant, c'était Léa et Valentin.

– Inutile de culpabiliser, on ne va pas gratter la plaie jusqu'à l'os. C'est une histoire de jalousie amoureuse qui a mal tourné, c'est tout. C'est un accident et je refuse de désigner un coupable.

L'arrivée surprise d'Émilie, la sœur jumelle de Léa, qui s'était échappée de son internat à Grenoble, mit du baume au cœur de tout le monde, surtout de Valentin. Le côté énergique et rentre-dedans de la jeune fille fit merveille. D'emblée, elle déclara à son frère qu'il était irrémédiablement con mais qu'il n'était pas responsable de l'accident de Léa. Elle voulut immédiatement aller voir sa sœur et insista pour que Valentin l'accompagne. Dès qu'elle fut à son chevet, elle se mit en mode vanne pour tenter de faire réagir sa jumelle.

– C'est hallucinant, ce besoin de te faire remarquer, lança-t-elle. Déjà, quand on était petites, il fallait toujours que tu fasses ta pétasse…

– Arrête de l'engueuler. Tu crois qu'elle a besoin de ça ? protesta Valentin.

– Ne t'inquiète pas, je la connais par cœur. Si on commence à la plaindre, elle va en faire des tonnes.

Elle la regarda et avisa sa tête sous les bandages.

– Franchement, c'est quoi cette tête ? C'est pas parce qu'on est dans le coma qu'il faut se laisser aller. Dis-lui, Valentin.

– Ben ouais, c'est vrai… C'est pas terrible, se força timidement Valentin.

– Sinon, tiens, j'en profite pour te dire que le petit pull en cachemire violet, c'est moi qui te l'ai pris.

Mais Léa restait insensible à ces provocations. Rien ne semblait pouvoir la sortir de son coma.

– Merci, continua Émilie, je vois que tu prends les choses plutôt bien. Je peux le garder, donc ? Cool, merci. Je t'embrasse pour la peine.

Elle se pencha vers sa sœur. Quand leurs joues se frôlèrent, Émilie sentit l'émotion l'envahir. Elle l'embrassa encore plus fort et se mit à caresser son visage.

– Tu crois vraiment que… qu'elle va s'en sortir ? demanda Valentin la gorge nouée.

– Ouais. La Belle au bois dormant, c'est marrant cinq minutes, mais elle va finir par s'ennuyer à jouer les feignasses.

Telle était Émilie. Grande gueule, provocatrice, parfois insupportable, mais généreuse et énergique. Le terme de « jumelles » était trompeur. Non seulement il s'agissait de fausses jumelles, très différentes physiquement, mais elles avaient, en outre, des caractères diamétralement opposés : autant Léa était douce et raisonnable, autant Émilie était spontanée et irréfléchie. Elles avaient passé leur enfance à se chamailler pour un oui ou pour un non, à tel point qu'Émilie avait dû partir étudier loin de sa sœur, mais, dans le fond, elles s'adoraient.

***

La famille de Léa n'était pas la seule à lui rendre visite. Cristal venait tous les jours. Pour pouvoir rester à Marseille, elle avait fini par avouer à sa mère qu'elle aimait Léa. Camille accueillit bien cet aveu et respecta cet amour, mais Alexandre Balester ne cacha pas sa stupeur en l'apprenant. Sur le moment, il ne dit rien, mais parut fort affecté.

Au chevet de Léa, Cristal croisa Valentin et s'excusa de lui avoir caché son histoire d'amour avec sa sœur.

– Tu m'en veux ? demanda-t-elle.

– Non… bredouilla Valentin. J'espère juste que tu ne m'as pas utilisé pour approcher Léa.

– Non, tu me plaisais au début, mais, ensuite, j'ai été dépassée par ce qui m'arrivait, je n'ai pas su comment faire. Je voulais te demander pardon.

Valentin aurait voulu lui dire que c'était plutôt à lui de demander pardon, que c'est lui qui avait poussé Léa sous le coup de la jalousie, mais il n'eut pas le courage de lui dire la vérité en face. Il ne lui avoua les faits que deux jours après, au téléphone.

Quand elle entendit son message, Cristal s'apprêtait à déjeuner avec sa mère et son grand-père. Ils la virent se décomposer sous le coup de la nouvelle.

– Qu'est-ce qu'il y a ? s'inquiéta Camille.

– C'est Valentin qui a fait tomber Léa, leur annonça-t-elle, bouleversée. C'est à cause de lui qu'elle est dans le coma. Il n'a pas supporté d'apprendre qu'on s'aimait.

Alexandre replia son journal et lança sur un ton glacial à sa petite-fille :

– On peut comprendre qu'il n'ait pas apprécié votre petit jeu. Découvrir qu'on s'est fait voler sa petite amie par une fille, c'est humiliant pour un garçon.

– Je ne comprends pas le problème, demanda Cristal, interloquée. C'est plus humiliant parce que c'est une fille ?

– Oui.

– Que ce soit une fille ou un garçon, qu'est-ce que ça change ? s'indigna à son tour Camille. C'est une histoire d'amour, c'est tout.

– Une histoire d'amour contre-nature, précisa Alexandre, acerbe.

– Et quand vous viviez ici à douze en changeant de partenaire tous les soirs, c'était quoi ? lança Camille, ulcérée.

En guise de protestation, elle se leva de table et entraîna Cristal par la main, laissant Alexandre, furieux.

Plus tard dans la journée, Camille accompagna Cristal au chevet de Léa. Elle croisa Patrick dans le couloir et ils échangèrent des nouvelles. Elle lui confia que l'ambiance était plombée au mas, mentionnant la sortie homophobe de son père, qui les avait choquées, elle et sa fille. Patrick s'étonna de cette réaction puis entra dans la chambre de Léa, où la jeune fille dormait depuis maintenant trop de jours. Il s'assit à son chevet et lui prit tendrement la main. Il la serra avec ferveur comme s'il lui intimait l'ordre secret de se réveiller. Soudain, en regardant leurs mains ainsi posées, il eut un flash… Il se vit enfant, dans une pièce inconnue, à côté de sa mère morte, dont il serrait aussi la main tachée de sang.

Un bruit de porte fit sursauter l'enfant, paniqué, qui chercha du regard une cachette et courut s'enfermer dans un placard. Par la fente des deux portes entrouvertes, il vit entrer une silhouette d'adulte portant une bâche, qu'il étendit sur le sol avant de prendre le corps d'Emmanuelle par les aisselles pour le déplacer. À un moment, l'enfant put voir le visage de l'homme : Alexandre Balester !

Sous le coup de l'émotion, Patrick serra encore plus fort la main de Léa sans s'en rendre compte.

– Patrick, arrête… Tu me fais mal.

C'était Léa qui venait de se réveiller ! Il lâcha sa main, fou de bonheur.

Toute la famille fut soulagée. Les blagues fusaient de nouveau au petit-déjeuner, le lendemain, chez les Nebout. La pression retombait après une semaine d'angoisse, mais Patrick était préoccupé. Il raconta à Babeth la vision qu'il avait eue la veille, avant que Léa ne se réveille. Alexandre Balester avait tué Emmanuelle, il n'y avait pas de doute. D'ailleurs, en remontant le fil des événements, il prit conscience que c'était lorsqu'il l'avait vu la première fois, chez eux, que ses cauchemars avaient commencé. À l'époque, Alexandre n'était encore que l'aimable grand-père de Cristal, venu chercher sa petite-fille, et il n'avait pas fait le rapprochement.

Patrick ne pensait plus qu'à le faire avouer mais, auparavant, il voulait l'aval de Babeth.

– Je ne veux pas prendre le risque de te perdre une nouvelle fois. Si tu ne veux pas que je continue, je ne creuse pas plus loin.

– Fais ce que tu as à faire, lui dit-elle avec un clin d'œil encourageant.

Après tout, n'avait-elle pas été celle qui, depuis le début, l'avait poussé à faire la lumière sur le passé ? En lui donnant son feu vert, elle redevenait sa complice de toujours.

***

Pourquoi Alexandre Balester avait-il tué Emmanuelle puisqu'il l'aimait et qu'elle avait accepté de partir avec lui ? Pour tenter de le découvrir, Patrick demanda à Boher de lui confier les lettres qu'Alexandre avait adressées à sa maîtresse avant sa mort. Boher répugnait à photocopier des pièces du dossier d'instruction, mais il céda devant l'insistance de Patrick. En les lisant en compagnie de Camille, Patrick releva une contradiction avec ce que leur avait affirmé Alexandre.

– Écoute ça. C'est une des deux lettres qu'il n'a pas envoyées : « Emmanuelle, je t'en supplie, ne me laisse pas sans nouvelles comme ça. Je regrette de m'être emporté hier soir, je regrette tellement cette gifle. Mais mets-toi à ma place. Je deviens fou. Dis-moi que c'est faux, que la paranoïa me ronge, rassure-moi… Mon amour, ça serait tellement contre-nature. Je t'en supplie, réponds-moi et reviens vers moi… »

– Je ne comprends pas. Papa nous a dit qu'ils s'aimaient, qu'elle allait partir avec lui…

– Il a menti pour détourner les soupçons sur ta mère.

– Mais pourquoi ? Ce serait tellement abject. Ils vivent ensemble depuis des années, ils ont construit tellement de choses… Pourquoi la faire payer pour son crime ?

Patrick sentait que la vérité était à portée de main. Il parcourut de nouveau la lettre. Les mots dansaient devant lui. Puis, soudain, il comprit. Il se tourna vers Camille et la regarda en souriant.

– À ses yeux, elle est coupable parce que… ma mère aimait ta mère ! Rappelle-toi, il a employé ce mot, « contre-nature », pour décrire la relation entre Léa et ta fille. Et c'est ce qu'il a écrit aussi dans sa lettre.

– C'est fou, je n'arrive pas à le croire !

– Il nous a raconté l'histoire à l'envers. Ce sont elles qui voulaient partir ensemble, et c'est lui qui ne l'a pas supporté et a tué ma mère.

Fort de sa découverte, Patrick obtint un parloir pour s'entretenir avec Mathilde. Il lui trouva le même air perdu que la fois précédente, comme si elle était absente, retranchée dans ses souvenirs. Patrick prit sa main et la pressa pour capter son attention.

– Mathilde, écoutez-moi. Ce que j'ai à vous dire est important. Nos secrets détruisent nos enfants. Cristal aime Léa. Quand Valentin s'en est aperçu, il s'en est pris violemment à sa sœur. Vous n'avez pas l'impression que votre histoire se répète ?

– Mon histoire ?

– Celle qu'il y a eue entre vous, ma mère et Alexandre.

– Comment savez-vous ? lui demanda-t-elle, bouleversée.

– Vous étiez amoureuse de ma mère. Vous aviez même prévu de partir ensemble, n'est-ce pas ?

Mathilde leva sur lui des yeux brillants. La passion était revenue en eux.

– Oui. Et pendant toutes ces années j'ai cru qu'elle n'en avait pas eu le courage, qu'elle avait préféré fuir. Après son départ, je n'ai plus jamais peint aucun autre visage.

– Vous ne saviez pas qu'elle était morte ?

– Non. Je la croyais à l'étranger, quelque part à faire la fête.

– C'est votre mari qui l'a tuée…

– Oui. Mon frère me l'a appris le jour de sa mort. Il le savait depuis toujours, mais il détestait Emmanuelle. Il voulait que je l'oublie, alors il m'a laissée croire pendant quarante ans qu'elle m'avait abandonnée.

Mathilde s'arrêta de parler, elle était en larmes. Patrick, très ému, lui prit les mains.

– Il faut que vous racontiez tout ça au juge, Mathilde.

– Non. Je ne veux plus qu'on salisse mon histoire. Je vais rester ici et attendre que ça se termine. Et c'est très bien comme ça.

Patrick ne parvint pas à la faire changer d'avis. Mathilde rentra de nouveau en elle-même. Cet état d'hébétude qu'elle affichait depuis son arrestation pouvait s'expliquer. Elle était encore traumatisée par ce qu'elle avait appris sur son mari et sur Emmanuelle, et les conditions de détention ne contribuaient pas à la sortir de ce profond abattement. Il fallait faire avouer Alexandre si on voulait la sortir de là. Patrick décida d'aller voir Balester sans attendre. Camille insista pour l'accompagner. Ce courage soudain étonna Patrick. Décidément, elle se révélait ! La bataille qu'elle livrait était en train de l'émanciper. Elle n'était plus cette femme fragile écrasée par la fatalité.

De retour chez lui, Alexandre se figea en découvrant Camille et Patrick qui l'attendaient. Il essaya de prendre un air naturel, mais sa fille l'assaillit sans préambule.

– Tu nous as menti au sujet de la mort d'Emmanuelle. On sait que c'est toi l'assassin. Comment oses-tu accuser maman de ce crime ?

– Si tu prenais le traitement que le médecin t'a prescrit, tu ne dirais pas des horreurs pareilles, répondit son père sur un ton suffisant.

Devant cette humiliation, Camille faillit perdre contenance et l'injurier. Patrick posa une main apaisante sur son bras et intervint de façon plus posée.

– Cela ne sert à rien de nier, Balester. C'est vous qui avez tué ma mère parce qu'elle voulait partir avec votre femme. Je me suis souvenu de ce qui s'est passé. J'étais caché dans la chambre.

– Vous avez besoin d'un coupable et vous fantasmez. Sortez de ma maison !

– On verra si la cour d'assises considère ça comme un fantasme. Je sais qu'il y a prescription pour le meurtre de ma mère, mais je ne vais pas vous louper pour le meurtre de votre beau-frère. Tout le monde saura quel monstre vous êtes, et vous terminerez vos jours à l'ombre. Je vais chercher le procureur.

Patrick sortit dignement, sans élever la voix. Il s'apprêtait à monter dans sa voiture quand Alexandre surgit de la maison et braqua un revolver sur lui.

– Vous n'êtes qu'un fouteur de merde, Nebout ! Ce qui n'a rien d'étonnant quand on sait d'où vous venez ! Je vais vous buter !

Patrick ne répondit pas à cette provocation. Il tendit le bras dans sa direction.

– Donnez-moi cette arme.

Mais Alexandre gardait le bras tendu en direction de Patrick, prêt à appuyer sur la gâchette.

– Et qu'est-ce que vous ferez quand vous m'aurez descendu ? demanda Patrick. Vous irez tuer votre fille ? Et après, vous éliminerez qui ? Cristal, parce qu'elle a des penchants « contre-nature » ?

Déstabilisé par ce sang-froid, Alexandre perdit son calme et colla brusquement l'arme contre la tête de Patrick.

– Ferme ta gueule, espèce de bâtard !

– Allez-y, tirez.

Sans sourciller, Patrick fixait Alexandre. Ce dernier tremblait, hésitant. Alors Patrick lui tourna le dos, monta tranquillement dans sa voiture et démarra.

Alexandre, déboussolé, braquait toujours son revolver sur le véhicule, mais il ne chercha pas à tirer ni à poursuivre Patrick dans l'allée. Au bout de quelques secondes, il cessa de viser la voiture et plaqua le canon de l'arme sur sa tempe. Un coup de feu retentit. Alexandre Balester s'écroula.

Dans son rétroviseur, Patrick n'avait rien perdu du spectacle. Il n'aurait pas la satisfaction de voir l'assassin de sa mère répondre de ses actes, mais il aurait celle-ci. Une balle dans la tête, comme sa victime.

***

Camille affronta le suicide de son père avec beaucoup de distance.

– Il a vécu comme un lâche, il est mort comme un lâche. Maman méritait mieux qu'un pareil salaud. D'ailleurs, je sais maintenant que c'est lui qui t'avait envoyé la lettre anonyme. Maman m'a assuré que ce n'étaient ni elle ni Gilles, et je la crois.

– Ta mère va avoir besoin de toi, maintenant.

– Il va falloir que je sois solide, et ça n'a jamais été mon fort.

– Ta vie sera différente. Tu as déjà changé.

Son mari mort, la parole de Mathilde se libéra. Elle expliqua à Douala et à Boher que son frère savait depuis toujours qu'Alexandre était le meurtrier, et qu'il le faisait chanter pour éponger ses dettes de jeu. Gilles allait tout dire à Patrick, et c'est pour le faire taire qu'Alexandre l'avait tué. Il lui avait dit qu'ils s'étaient battus et que le coup était parti pendant la bagarre. Elle avait fui et cherché à quitter la France parce qu'Alexandre l'avait persuadée que la police la soupçonnerait à cause de ce trafic de lithographies. Sur le moment, elle n'avait pas compris que son mari l'avait piégée.

– Et vous étiez prête à finir votre vie en prison pour ça ? Alors qu'il restait en liberté ? s'étonna Douala.

– J'étais en état de choc. Rien n'avait plus d'importance. Je croyais qu'elle m'avait trahie alors qu'elle était morte. J'avais aimé Alexandre, qui l'avait tuée. J'ai vécu pendant quarante ans une vie qui n'était pas la mienne. Avec un homme que je respectais alors que j'aurais dû le haïr. Pourquoi n'aurais-je pas continué ?

– Pour que justice soit faite, répondit Boher.

Mathilde le regarda en souriant tristement.

– La justice me rendra-t-elle mes vingt ans et la femme que j'aimais ? Me rendra-t-elle toutes ces années où j'aurais été heureuse, avec Emmanuelle, son petit garçon et ma fille ?

À Patrick non plus, on n'allait pas rendre son enfance, mais il était tout de même heureux d'être allé au fond de la vérité. Il allait pouvoir se remettre à vivre au présent, en commençant par fêter Noël avec les siens. On était le 24 décembre. Babeth était allée chercher Léa à l'hôpital pour que la famille soit au complet. Mais, avant de les rejoindre, Patrick avait une question à poser à Mathilde. Il se rendit au mas, où elle venait de rentrer.

– J'aurais pu vous aimer comme un fils s'il n'avait pas tout détruit, lui confia-t-elle en lui prenant les mains.

– Peut-être, oui. On ne saura jamais. Mathilde… il y a une chose que je voudrais savoir. Est-ce qu'Emmanuelle vous a un jour parlé de mon père ?

– Non, jamais. Je suis désolée, j'imagine que ce n'est pas facile d'ignorer ses origines.

– J'ai déjà levé la moitié du voile, alors bien sûr…

– Vous voudriez voir le tableau en entier, compléta-t-elle.

– Oui.

– J'espère de tout mon cœur que vous trouverez.

Avant de quitter la propriété, Patrick salua Camille, plus décidée que jamais à partir en Suisse avec sa fille et sa mère. Elles mettraient la maison en vente et vivraient chez une amie de Camille en attendant de pouvoir acheter un logement à Genève. Ils se sourirent tendrement. Patrick songea que, si Emmanuelle n'avait pas été assassinée, si les préjugés n'avaient pas été si violents, ils auraient été élevés ensemble. « Ça m'aurait plu », lui confia Camille. Après ce qu'ils avaient vécu, elle était un peu comme sa grande sœur. Il ressentit une profonde tendresse pour elle et lui souhaita bonne chance pour sa nouvelle vie. Mais, avant, il avait une faveur à lui demander pour qu'elle l'aide à offrir à Léa le plus beau cadeau de Noël dont la jeune fille puisse rêver.

Quand il rentra chez lui, Patrick amenait une invitée spéciale : Cristal. Léa sauta de joie. Émilie vint se présenter. Valentin fit un effort pour accueillir son ex chaleureusement. Babeth était aux anges de voir Valentin et Léa sur le chemin de la réconciliation. Patrick contempla cette scène avec un sentiment de joie mêlé d'orgueil. Lui, le petit Patrick, le sans-famille, avait réussi à construire un foyer tolérant et joyeux.

Jean-François manquait à cette fête familiale, mais il s'en était lui-même exclu. Quand il avait compris que Léa aimait Cristal, il avait mal réagi. À ses yeux, aimer une fille n'était pas « normal ». Parce qu'il voulait le bien de Léa, il se fit un devoir de lui expliquer qu'elle se trompait en suivant cette voie. Blessée par l'attitude de son père, elle avait expressément demandé à Patrick et Babeth de ne pas l'inviter. C'est Patrick qui avait dû expliquer à Jean-François la réaction de Léa.

– Et toi, ça ne te pose aucun problème ? s'était étonné Jean-François.

– Non. Léa est comme ça. Si elle aime une fille, elle aime une fille.

– Ça ne te dérangerait pas de les voir s'embrasser, par exemple ?

– Je ne me pose même pas la question.

Patrick eut pitié de Jean-François, qui allait passer Noël seul. C'était un type généreux, qui adorait sa fille, mais les préjugés l'empêchaient de l'accepter telle qu'elle était. Dans le cas de Jean-François, Patrick était confiant : le brigadier au cœur d'or reviendrait sur son jugement, mais combien d'autres iraient jusqu'à la violence, voire au meurtre ?

Plus tard dans la nuit, alors que tout le monde était parti se coucher, Léa et Cristal restèrent encore un moment sur le canapé, lovées l'une contre l'autre, un peu tristes.

– En fait, ce n'est pas se voir ou se parler qui va nous manquer... Ça, on pourra toujours le faire grâce à Internet. Ce qui va nous manquer, c'est d'être l'une contre l'autre, s'embrasser, se tenir la main...

– Ma mère m'a promis qu'on pourrait se voir aux vacances de février.

– J'ai calculé qu'en faisant des baby-sittings tous les week-ends de janvier, je pourrai prendre un aller-retour pour Genève.

Cristal acquiesça. Elles se regardèrent, émues.

– Et si on arrêtait de parler de ça, maintenant ? proposa Cristal. Pour le moment, toi et moi, on est là, l'une contre l'autre, ensemble pour de vrai.

– Oui...

À voir ces deux jeunes filles s'embrasser passionnément, les homophobes comme Alexandre Balester, ce soir-là, avaient perdu le combat. Personne ne les empêcherait de se voir le plus souvent possible, et certainement pas leurs familles ! Depuis, d'ailleurs, Léa a obtenu de ses parents de poursuivre ses études dans un internat à Genève pour être près de Cristal.

Quant à Patrick et Babeth, ils ont recollé les morceaux de leur couple, comme ils l'avaient si souvent fait avec les objets qu'ils se lançaient à la figure.

– Babeth, je veux savoir où tu en es par rapport à nous, lui demanda Patrick le lendemain de Noël. Tu es là, avec moi, mais ton cœur, il est où ?

– Tu parles du truc que tu as piétiné il y a trois semaines et qui se remet à peine de l'accident de Léa ?

– Je suis sérieux, Babeth. Je veux savoir si tu m'as vraiment pardonné.

– Oui, je t'ai pardonné, répondit-elle gravement, mettant ainsi de côté son sens de l'humour légendaire.

Patrick la regarda, ému. Elle était belle. Il avait envie de lui faire l'amour. Il pensa alors à Emmanuelle et à Mathilde, qui s'étaient aimées aussi fort peut-être.

Mon travail s'achève ici. J'aime l'idée d'avoir aidé un enfant abandonné, devenu adulte, à reconstruire son histoire et celle de sa mère. Et puis, qui sait, peut-être qu'une personne, en lisant ces pages, reconnaîtra l'histoire d'Emmanuelle et sera en mesure d'aider Patrick à retrouver son père.

Adapté du feuilleton *Plus belle la vie*, d'après une idée originale d'Hubert Besson et des personnages créés par Bénédicte Achard, Georges Desmouceaux, Magaly Richard-Serrano et Olivier Szulzynger, et librement inspiré des épisodes 2088 à 2133 et 2332 à 2340.

Ont collaboré à l'écriture du feuilleton :

Coline ABERT
Bénédicte ACHARD
Émilie ALIBERT
Cristina ARELLANO
Sophie BAREN
Sarah BELHASSEN
Nassim BEN ALLAL
Isabelle BONI CLAVERIE
Sylvie COQUART
Catherine DABADIE
Claudio DESCALZI
Georges DESMOUCEAUX
Isabelle DUBERNET
Sébastien FABIOUX
Fabienne FACCO
Éric FÜHRER
Yannick HERVIEU
Grégoire JEAN-BAPTISTE
Ana KAZAN
Philippe KLÉBERT
Véronique LECHARPY
Cécile LECLÈRE

Éline LE FUR
Claire LEMARÉCHAL
Thomas LEROUX
Florent MEYER
Jean Michel MÉZY
Pierre MONJANEL
Aurélia MORALI
Arthur-Emmanuel PIERRE
Catherine PIERRE
Magaly RICHARD-SERRANO
Nathalie STRAGIER
Olivier SZULZYNGER
Rémy TARRIER
Stéphanie TCHOU COTTA

DÉJÀ PARUS DANS LA COLLECTION *PLUS BELLE LA VIE*

Les Secrets du Mistral, tome 1
Le Corbeau du Mistral, tome 2
Le Trésor du Mistral, tome 3
La Fiancée du Mistral, tome 4
L'Inconnu du Mistral, tome 5
Les Mensonges du Mistral, tome 6
La Vengeance du Mistral, tome 7
Vincent, une nouvelle vie, tome 8
Le Mistral, années 1970. Charles et Roland

Plus belle la vie. Le Livre d'or
Plus belle la vie. Les Comédiens
Plus belle la vie. Le Guide officiel

Lettre à Johanna
Charly

Impression réalisée par

CPI
BRODARD & TAUPIN

La Flèche
en octobre 2013

N° d'impression : 3002370
Dépôt légal : novembre 2013